Hermes
the origin of messages and media

陸鏗 著

記者的精神與作爲

大記者三章

Three Chapters of a Journalist
by Thomas Lu

Hermes系列02

大記者三章——記者的精神與作爲

【目錄】

前言

什麼是大記者

現在這個時代，因為各種媒體的蓬勃發展，所以如果按媒體來分，記者的種類可能多得不得了。

報紙有早報記者、晚報記者；電視有無線電視記者、有線電視記者；雜誌有月刊記者、雙週刊記者、週刊記者；電台有大功率電台記者、小功率電台記者；網路有入口網站記者、專業網站記者……等等等等。這還只是按媒體種類來分，如果各種媒體再照記者跑的路線來分一分，那記者的種類，就多得令人眼花撩亂。

不同媒體的記者，做的事情好像也大不相同。有些媒體的記者，長於文字的寫作；有些媒體的記者，長於暗地追蹤影像；有些媒體的記者，長於在鏡頭前面侃侃而談。乍看起來，似乎隨著不同類別的媒體，甚至不同的公司，對記者所要具備的條件，都可以有不同的要求。

記者的種類，變多了。記者該具備的條件，也好像沒有一個標準可言。

還不只如此。因為社會環境的變化，不同媒體、不同路線記者受到的重視程度也在變化，所以使得記者的重要性也好像出現了不同的等級。

以台灣來說，過去曾經有廣播電台的記者非常受重視的年代，後來是報紙記者，現在又是電視記者；以報紙來說，過去有跑社會線記者很吃香的時候，有跑財經線記者很吃香的時候，最近十來年則一直是跑政治線的記者引領風騷。

這麼多外在條件變化的因素摻雜在一起，很多人會感覺，今天記者的種類好像變得很多很多。一個要進入這個行業、有心當記者的人，也就好像可以選擇的目標和方向都變得很多很多。

是不是這樣呢？

起碼就一個已經當記者當了六十三年的人來說，我是有不同看法的。

事情不必那麼複雜。再複雜的事情，總有本質。記者，也該從本質來談。這個本質，就是記者只有一種，要當記者，也只能當一種記者——大記者。

影響我當記者的一些前輩

一九三八年，我十九歲。那年我從烽火遍地的中原，陪著祖母回雲南老家保山，於是就在保山的縣中當起老師，並組織起一些教導學生的抗日活動。

一九三九年春，又是作家又是記者的蕭乾，沿滇緬公路採訪來到了保山。因爲縣裡的抗日活動做得出色，所以別人建議他訪問縣中，因而與我一見。當時他已是名記者了，但不惜向我這邊地中學教師訪問邊疆人民對全民抗戰和打通滇緬路的各種反應，並及時筆記。他謙和、總是帶著微笑的態度，使我印象深刻。而他所表現的獻身新聞事業的熱忱，更使我受到鼓舞。我原來就有作記者的衝動，之前就曾爲緬甸《仰光日報》寫了保山農民爲滇緬公路流血流汗的報導，算是我從事新聞事業的處女作。會見蕭乾後，通過跟他的長談，更激發了我想當記者的熱情。我一直把他視爲我作記者的啓蒙者。

這樣到一九三九年我祖母去世，把她老人家安葬之後，我就決定動身去重慶，幾經波折後，考上了中央政治學校（政治大學的前身）新聞事業專修班。

在專修班雖然只接受了一年的正式新聞教育，但有幸遇到了極好的老師。

班主任馬星野先生，畢生貢獻於新聞教育和新聞事業。他把在美國密蘇里新聞學院所學的新聞學理論，結合中國新聞事業的實際，傳授給我們，強調新聞道德和記者操守，使我們得益極深。

教授採訪學的趙敏恆先生，是公認當代中國最了不起的記者，曾擔任路透社遠東經理，爲國際新聞界所推重；在第二次世界大戰歐洲戰場上，我們遇到的英、美大牌記者，幾乎無一例外地提到他（Thomas Chao）就伸大拇指。

教授新聞寫作的俞頌華先生，是循循善誘的學者。教授社論寫作的王芸生先生，爲張季鸞、胡政之領導的《大公報》第一枝筆。

在思想上，影響我最深的是元老報人于右任先生。右老告誡我們，辦報一定要爲民請命，與學者密切聯繫，爭取學者在言論上的支持。右老勉勵我們：「民之所好好之，民之所惡惡之，昔人以此爲執政者之天職，吾則以此爲新聞記者之不二法門。」「爲維護新聞自由，必須要恪守新聞道德。新聞道德與新聞自由是相輔相成，沒有新聞道德的記者，比貪官污吏還可惡。」

右老不但使我深深認識到新聞事業破舊立新的歷史使命，也讓我體會到他所說「新聞記者是時代最快活的人」，以及言談間流露「我還想作新聞記者」的情感，和經濟收入方面自我要求嚴格的品德。這些都大大激勵我奠定終生從事新聞事業的志節。我之所以立志畢生作記者，與右老的教導是分不開的。

六十多年的記者生涯，雖然歷經坎坷，備嘗艱辛，但總的感覺是一種自豪的美好，或者說，美好的自豪。每當我的學生問我對記者生涯的感受時，我都坦誠相告：如果下一輩子叫我選擇職業和事業，我的選擇仍然是新聞記者。

大記者的五個特質

一般人談大記者、小記者，很容易從記者所代表的媒體規模來談。譬如這個記者所代表的媒體規模很大，經營得很成功，他就成了大記者；另一個媒體比較不重要，經營得比較不顯成功，記者也成了小記者。再來，又容易從職位、名銜的高低來分。譬如當了採訪主任就是個大記者，沒有什麼頭銜的記者就是小記者。

這些都只是表象。真正的大記者、小記者之分，不應該從這些著眼點來看。

大記者，需要有幾個層面的要件。

第一，要經驗比較豐富。但這個經驗豐富，絕對不能只從當了多少年的記者年資來換算，或者直接和工作了多少年劃上等號。這裡說的是，當記者要當過相當時間，有過成功與失敗的經驗，自己下過總結。

如果沒有經過實際的考驗，自我認為很了不起，自我認為已經如何如何，這恐怕不行。簡單說，就是曾經綻放出火花，自己做過一定總結，對自己本身做過評斷。同時，也被別人客觀地下過評斷、相當地重視。所以，人家聽到你的名字，基本上知道你是誰，是很重要的，因為別人可能對你做過評斷。但是，不要光是因為別人知道你是誰就暈了頭，因為人家對你真正的評斷，不見得會告訴你。

第二，大記者在碰到突發新聞與狀況的時候，是沒有還價空間的。

記者都希望遇到一些「機緣」，遇到一些突發狀況，好大顯身手。但是「葉公好龍」，真正的狀況發生的時候，不是每個人都受得了的。一般記者碰上大狀況的時候，可能還有點徬徨猶豫該怎麼做，大記者則一定會挺身而出。大記者不需要別人催你，遇到越大的事情越不畏縮，越不猶豫，勇往直前，接觸，然後掌握，然後反映。並且，絕對不因為新聞的狀況或任何壓力而有討價還價的空間。（但「挺身而出」，不是為芝麻蒜皮的小事。所以這又和眼界有關。）

第三，小記者雖然也是努力跑新聞，有新聞發生便挺身而出，可是他們的挺身而出常常是見樹不見林的，大記者卻有全方位的觀察。怎麼樣有全方位的觀察，這又和記者所需要經常培養的素質與眼界有關。

第四，大記者一定不會忘記自己的根本原則，就是要建立公正的立場與形象。不論在哪一種媒體，跑哪一個路線，都要堅持新聞最根本的原則：公正的立場與平衡的報導。並且，要讓別人有話要說的時候，可以找到你。這樣一篇篇報導累積起來，根據你以往的報導，人家才能逐漸相信你，找上你。不可否認的，大記者是靠大新聞（譬如什麼貪污、弊案）累積出來的，但是大新聞要有機緣。機緣是要等的。而有些人急於成為大記者，往往不惜製造一些新聞。這都是違反大記者最根本的一條：公正的立場與形象。

只要能秉持這個原則，隨著時間的推移，新進記者就會逐漸成為受人重視的記者，然後逐漸成為大記者。

第五，記者怎麼看待他的工作很重要。一種看待方法，是把記者作為志業，終生奉獻；另一種看待方法，是把記者當作職業，中途可以隨時轉行、放棄。作為志業，說來不難，做起來卻不易；比如記者坐牢，在中國近代史上司空見慣，甚至為之喪命者也大有人在。所以，也可以這麼說：要作大記者，就要有終生把記者當作志業的心理準備。否則，如果只是因為自己的機緣很好，進入這個行業有了很大的發展，在金錢、名聲上有一定的收穫，仍然難以算數。

以上這五個面向，是一個大記者所必備的。五個面向互相影響，互相產生作用，少了任何一個，都難以形成一個真正的大記者。

挺身而出的眞義

同一件事情，大記者和小記者的處理角度也會有所不同。

譬如李遠哲、王永慶、林懷民三位聯合發表了一個聲明，這的確是一件大事情了。但大記者和一般記者面對這件事情的態度不同。一般記者分工細，只處理一個面向就可以了，事情過去也就過去了。但是大記者必須要有周密的思維，前後左右都必須顧慮到。要把這三個人的表態，和事件的全面發展有所聯繫，你不能說只管前面不管後面，只管這個不管那個。

所以說，小記者雖然也是努力跑新聞，有新聞發生便挺身而出，可是他們的挺身而出卻常常是見樹不見林的，大記者卻有全方位的觀察。

現在很多新聞記者覺得自己是在挺身而出，但就讀者或觀眾立場看來，他們常常是有勇無謀、亂衝亂撞，根本沒有章法。發生事情時，在一個個的「點」上的確是勇往直前，衝到最前線將麥克風放到別人的嘴邊，要別人發表意見；可是到底眞正事情是怎麼發生的，事過境遷根本沒有人看清楚，或記得到底怎麼回事。

記者，「記」「者」也。總要記得讓人清楚明白。

大記者與明星記者的不同

今天的社會環境，很容易讓人只注意明星記者，但是卻忘了要注意大記者。這固然和媒體以外的人不了解情況有關，也和許多媒體內部的企業文化有關。

從機構的領袖或主管的立場，我認為首先不應該分哪一種記者特別重要，給他高薪；哪一種不太重要，給他低薪。

從一個領導人來說，我覺得在開始撒網的時候，要平等對待比較好。之後，再看他的成就給他鼓勵。撒了網，大家都出去做了，有的人成績很突出、非常好；有的人什麼都沒搞清楚，甚至敷衍了事。作為一個領導人，要公平對待。

記者的直接上司就是採訪主任。作為一個採訪主任，應該把「公平」掛在心上，除了必須了解組織底下和你一起工作的記者之外，不能因為自己對某種新聞路線的偏好，而影響到對待同仁的態度，對某一個特別好，對某一個特別不在乎。採訪主任對待記者的態度應該是一視同仁，分派任務，工作結束後，要看採訪結果，再來決定下一步可不可以負更高的責任。

記者的主管若能這樣對待記者，記者就會處身於一個可以成為大記者的環境，否則，大家很容易爭的只是怎樣成為明星記者。

所以，換個角度看，對一個記者來說，他的起步，也就是他剛進這個行業的時候，跟了什麼人學新聞、跑新聞，很重要。這些人的榜樣，會對他產生很大的影響。

我覺得作為一個人，不能自認為是大記者，這樣不好。自認為是大記者，會栽跟斗的，實際上更會因為這種心態而無法完成採訪計畫。有自信很重要，但自以為是就不行，「大記者」一定要獲得別人客觀的肯定才行。

中國最早的廣播記者

我在中央政校的新聞事業專修班畢業後，被分派在中國國際廣播電台（The Voice of China）工作。後來再轉到中央廣播電台擔任編審總幹事，並爲特別節目進行採訪。

四〇年代初期，在一般人腦子裡，所謂「新聞記者」只能由報紙派出。連通訊社記者都似乎很勉強，怎麼廣播電台也跑出記者來了？

因此，我們要一面採訪、一面向採訪對象解釋，新聞有三種：一是「讀的新聞」——報紙；二是「看的新聞」——紀錄電影；三是「聽的新聞」——廣播。眞是費盡唇舌。有的人基於同情，勉強應付幾句。有的人嫌麻煩，斷然拒絕。有的人甚至懷疑莫非是來招搖撞騙的。常常有一種事倍功半的感覺。

一九四二年曾任美國共和黨的總統候選人威爾基先生給我們帶來了好運，他帶著《天下一家》（*One World*）的著作來到重慶訪問，受到了熱烈的接待。同年十月三日，宋氏三姊妹在范莊舉行晚會歡迎。

我事先跟兩個電台講好做一聯播節目。當威爾基先生由宋氏三姊妹陪同在晚會上出現時，我就將一個帶座的麥克風連著線拉到檯子上「啪！」地一聲放下，不料，受到便衣保安人員的喝斥：「幹什麼？」我向他解釋，他聽也不聽，就去拿掉麥克風。我趕緊向宋美齡說：「Madame! I am correspondent from the Voice of China!」（我是「中國之聲」的記者）；接著用中文說明希望以今天的晚會做一個特別節目。蔣夫人於是向周圍跟隨的人示意：「讓他，讓他！」我才大膽地對著麥克風向聽眾開始了這個現場實況廣播。從這以後，中國才開始有了實況廣播，廣播新聞也才比較受到肯定。

一九四五年在倫敦，BBC邀我當他們遠東節目的特約評論員，講述同年七月和另一位中國戰地記者毛樹清隨艾森豪威爾將軍進軍柏林的經過。BBC向聽眾介紹我時，稱我為中國第一個廣播記者，我頗有一點當之無愧的味道，台灣話叫「臭美」。

為什麼要談三章

記者要具備的條件、要接受的訓練有很多，這些也都已經有很多人在談了。這本書的篇幅不大，能談的有限，所以只希望針對成為大記者的三個重點，來說說我們的想法。所以就叫作「大記者三章」。

三章，當然也可以說是有點約法三章的意思。

希望年輕的讀者會接受這是一個新聞記者作了六十三年的人，一點剴切之言，而不是托大之談。

一個八十五歲老記者的希望

毛澤東生前多次強調：「七十三、八十四，閻王不叫自己去。」而他本人逝世，恰恰就是八十四歲那一年。我由於長期作記者，又分別坐過國民黨和共產黨的牢，長達二十二年，養成了不信邪的習慣。自己給自己下命令：閻王也好，小鬼也好，一概不理；八十四歲絕不死。果然輕鬆地活到八十五。面對張佛千、李緘三、沈錡、王洪鈞四位好友的逝世，多少有些感慨，拒絕閻王之叫，也不簡單。

八十五年的生活經驗最深的體會，就是友誼長青。從十九歲開始與新聞事業結緣，歷經六十六年的坎坷，始終感受到友誼的溫暖。記得一九八七年星雲大師在美國洛杉磯西來寺爲我做七十壽。給我印象最深的是左大臧、陳大安、卜大中，和被稱爲齊老大的齊振一，合送我一把寶劍，星雲大師和我就用寶劍來爲眾賓客切蛋糕。一九九八年，司馬文武、俞國基、王震邦、陳國祥、梁永煌、金惟純、卜大中、盧世祥、陳宏正等十多位好友發起，並得傳播界先進余紀忠、葉明勳支持，於台北國賓飯店爲我祝賀八十歲生日，宣布成立「陸鏗新聞獎助金」，把朋友們賀生的錢交由政大傳播學院配合處理。遠在日本的好友鄭煒顯和香港《信報》主人林行止、駱友梅賢伉儷也趕來參加。

應當坦率地承認，這一類的活動，雖然會給自己帶來歡喜，但事過境遷後，也多少在思想上增添負債的感懷。因此，自己給自己打招呼：如果有幸再活五年，到九十歲，再不搞設宴慶壽的活動，只希望到時候中國有眞正的新聞自由，出現眞正的民營報紙。自己到時約集志趣相投的朋友，共創一張反映人民之聲的報紙，大家當老闆，大家當夥計。

一九八五年五月十日在北京中南海訪問當時的中共中央總書記胡耀邦先生，向他表示希望七十歲在中國大陸辦一張民間報。耀邦先生連說了兩句：「有希望！有希望！」如今回憶往事，對已經作古多年的胡耀邦先生仍不禁肅然起敬。他眞是一位全心全意爲人民的不可多得的政治家。

展望二十一世紀，眞是大有希望，當然，事情不能急，不過，我相信到我九十歲的時候，與志同道合的朋友共同辦一張民營報紙，共創奇蹟，共享福音是大有可能的。

第二章

如何交朋友

記者的工作，是和人打交道的。記者的工作，也可以說就是一個交朋友的工作。所以，如何交朋友，交朋友的層次和方法，也就成了決定記者層次的關鍵因素。

記者要交的朋友，最重要的就是採訪對象。我們就從這裡談起。

記者和採訪對象的關係

記者的專業，可以從許多方面來談。可是，懂得怎麼和採訪對象相處，維持什麼樣的關係，可以說是其中最要緊的。

要談記者和採訪對象怎麼交朋友之前，我們看看這兩者之間的關係，到底是什麼樣的本質。

我認為是合作的本質。

為什麼說是合作的關係呢？

對採訪對象而言，他的事業會因為你去報導之後而增加他的便利，增加別人對他的觀感，甚至增加他自己的自信，有時甚至會是他下一次開拓的小小根據，增加他的知名度或一般人對他的景仰。這些都是好的。

對你來說，他把很深的問題跟你講，你可以達到做記者的目的，並且因為報導出色而受到讀者的歡迎。這些也都是好的。所以兩者當然是互利。

然而，合作絕對不是配合。

合作，是你要了解他，你要想從他那兒知道一些事情，而你提出來，他把情況如實地講了。配合，則是以他為主，你要去遷就他。配合，是他想讓你知道一些事情，不知道另外一些事情，而你就跟著起舞。總之，「合作」和「配合」最大的不同，就是前者是實事求是，而後者不是。

在「合作」關係上建立的報導，你說出這個人的優點和貢獻在哪裡的時候，主要是從你自己的立場，根據各種判斷而來的，絕不是亂吹一通。而「配合」關係上建立的報導，你說出這個人的優點和貢獻在哪裡的時候，主要是順著他本身的立場來的，一不小心就落成吹捧。更等而下之的情況，甚至可能讓當事者自己看了都肉麻，使他氣憤，感覺這個傢伙真混蛋、亂說話，他沒說的話卻捏造亂說，或者他沒有這個意思但也被表露。他會覺得這個記者是無賴。

因此，所謂「合作」的關係，也就是恰如其分的關係。

挖新聞之說

很多人會用「挖掘」來形容採訪與被採訪的關係，因此會有「挖新聞」之說。我對此說並不以爲然。因爲新聞是否存在，爲客觀實項，應當實事求是採訪來，用不著挖掘。

要和他成爲知音而不是朋友

既然是恰如其分的關係，那麼記者和採訪對象最高境界的交往，就是「知音」。或者說，一個記者該給他的採訪對象唯一的印象，就是你是他的

「知音」。因為只要你做到了這一步，他就會把所有的事情，侃侃地告訴你。

我曾經在美國採訪過大陸一位有「儒將」之稱的張愛萍將軍。新聞界認識多年的好友鄭心元和我一起去訪問他的。鄭心元坐在我旁邊聽我講，等訪問結束之後，鄭心元表示，他從來沒有想過採訪可以這麼精采。他說：「陸大哥與張將軍問答之精采是我從事新聞工作十年來第一次遇到的，開誠相見，氣氛和諧，問題深入，毫無顧忌，有啥說啥，直達中心，不必爭辯，各抒所見。」（訪問內文請見〈採訪案例二〉。）

張愛萍訪問華盛頓的那一年是一九八四年，是趙紫陽和列根互訪之後，首先由北京到華盛頓訪問的重要人物。時間和身分固然都很敏感，再加上我這個記者又是曾經在中共的牢坐過多年，剛脫離大陸，從香港來美國沒幾年，這就又更敏感。敏感加敏感，但是我們第一次見面卻能成為「知音」，這裡面需要一些竅門。

讓對方覺得你是知音的竅門，第一個重點是要開誠相見。你要很誠懇的，而且要使他感覺到，你去採訪他，問他問題，對他不會帶來任何的損害，這樣他會感覺不是接受記者訪問，而是交了個朋友。一旦他有了這種信任，雖然你的問題非常尖銳、甚至有點麻煩，但他還是會覺得好得不得了，舒服得不得了，也高興得不得了。

第二，要達到這一點，光是誠意還不夠。這和發問的措辭、發問的重點都有很大的關係。這就是事前要有思索，要想好了怎麼去訪問。（這一點請參見本書第二章。）

第三個重點，就是訪問過程要抓住重心，不能毫無章法，讓對方不知道你問什麼，也不能讓對方感覺到很容易回答，更不要讓他順口編造就應付過去。

因此，知音不一定是說雙方意見要水乳交融，還有各抒所見的部分，有不同見解的部分。譬如對於當時整個中共的做法，我們就是各抒所見。他是將軍嘛，當然有他的立場，但是我是記者，也有我的立場。這樣你要提一個看法的時候，不能讓他感覺你是來歌頌他的見解，但也不是來挑撥、批評他的見解，而是你確確實實地了解他的某個看法。像張愛萍到美國走一趟，和美國軍方有一些對話。其中，又有些對話是一種辯論、爭辯。當你覺得這種爭辯確實是好，而告訴他的時候，不是去拍馬屁，故意討他好，也不是故意要修理他，這就使他只有一種感覺，那就是：他和美國的爭辯，這個記者居然還會知道！

這麼一來，話題一開，豈不妙哉！那就不止這次訪問，下次更多的訪問、更多的事情，他都會告訴你了。但是要做到這一步，事前對訪問對象的情況要有一定的了解，沒有一定了解，他做了哪些事情，你是不知道的。他是做什麼的？他哪一件事情特別出色？他和美國的國防部長就中美軍事友好進行會談時，大概的情況是什麼？這些你都要記住。然後，到了關鍵時候，你投其所好地點出這些他特別的長處或好處，結果當然可以想像得到——彼此都會很愉快。

所以，最後一個竅門，是提問的技巧。

你什麼時候正好提出一個他的成功之作，讓他覺得：「居然連記者也會知道我這件事情！」就是一個很大的技巧。這個提問的技巧要放在中間，要慢慢問。包括你事先知道他最精采的東西放在口袋裡，到了關鍵的時候再掏出來。掏出來之後，他覺得得一知音了，你要他再說更多一點，他也很樂意。而你也會覺得非常愉快。像是採訪張愛萍那一次，最後他果然請我留席，我也同意。

要使採訪對象通過你的訪問不但不覺得你囉嗦，還覺得可以交個朋友，這豈不妙哉？這樣的朋友可以多交幾個，這樣記者的生涯也比較豐富、愉快。

當然，不是每一個採訪對象都可以成為知音，很多採訪對象，最多只能成為朋友而已。那知音和朋友之間最大的不同何在？

知音一定是朋友，並且比朋友關係還要深一點。而朋友，卻不見得是知音。

朋友，是先有時間的累積，在累積中彼此有所了解，有那個交情。但是大家的了解和交情總會出現某條線，到了某一條線就不可能前進，再前進會翻覆。知音就不同。知音最重要的是，互相有了解的基礎，透過了解而結合出友誼。有沒有時間和交往的累積反而不重要。記者和採訪對象為什麼可以在第一次見面的情況下就能成為知音，就是因為可以經由訪問的過程而互相了解，進而結合成友誼。朋友的感情可以深可以淺，但知音就比較深。

知音和朋友的差別

記者交朋友，應該是韓信用兵，多多益善。朋友愈多愈好，朋友不怕多。有人會問既然多多益善，那還要不要分是好朋友、壞朋友什麼的？我覺得朋友沒有壞的，基本上都是不錯的，但朋友有一種情況是，平時看起來是不錯的，但其實互相之間心裡都設有一道防禦牆，不能跨過那個牆。對哪些朋友設了這道牆？設在哪裡？這種情況往往只有自己寸心知，甚至連自己的太太都不知道，當然對方就更不可能知道。這是很高的學問，嚴格說來，也是件相當狡猾的事。

對記者來說，交朋友，為什麼有時候要設這道防禦牆？有一種情況是，你們已經是朋友了，但是你對對方是有點戒心，拿不準他會在哪一個點上做出對公衆或對自己不利的事情，所以來往之間固然是朋友，但是會設一道防禦牆。

另外有種情況，則和人個性相關。人的個性，千百樣，各有弱點。一般來說，你看到對方做了你自己認為不對的事，但你了解他的個性，知道點出來他會不高興，因此就不說了，埋在心裡。因此你的心裡一定會有芥蒂，也就會設下防禦牆。

別人也會如此。別人也會看出你一些問題和缺點，基於同樣的道理，他也不會點明。因此只會專挑你的優點來說。這就是城府很深的人。一般來說，記者總是比較開放的，是比較沒有城府的，但是明明知道有人城府很深可又必須跟他來往，那怎麼辦？那只好在某種情況之下設一個小小的防禦牆，而且還不能給對方知道。

一般人交朋友很簡單，合不來就不交不來往，不當朋友了，或者有些人人品不欣賞也就不來往，可是記者就不能有這種取捨。因為還要來往，因此要有防禦牆。

防禦牆，不是建在兩人之間，不是雙方在建牆，而是建在你自己的心坎裡，自己心裡有防禦。設這個防禦牆的目的，就是保護自己。所以防禦牆最重要的，就是先讓自己不去碰他，你不去碰他，他當然也不會來碰你。

我覺得真正的朋友是不能有保護牆的。真正的朋友還是要知音才行。並且，也只有知音才能「開誠相見，氣氛和諧，問題深入，毫無顧忌，有啥說啥，直達中心，不必爭辯，各抒所見。」一般所謂朋友的交往，很難達到這一點。

三教九流的朋友

記者交朋友，上面所說的都是「文交」，但還有一些是「武交」。「武交」，就是為了掌握新聞線索，三教九流都要交的朋友。

我的好友龔選舞，曾經寫過一篇文章談我交友之廣，以及這樣廣交朋友的作用。但是說起我之所以會如此，倒絕不是基於什麼目的，而是一些性格和成長背景使然。

龔選舞看陸鏗交朋友

闖入上層，足見大聲兄的「高」招，但在同時，他卻也能屈而就下，技巧地鑽入低層。說得更清楚一點，他不僅慣於結交權貴，對那些權貴手下的副官、司機之流，也交了不少朋友。記得在那些年頭，一遇中樞有什麼大小聚會，大官們總是高踞廳堂，飲宴談論，歷久不輟，而等在外面的副官、司機爲了消磨時日，只好躲在門房或是牆角，打打撲克，推推牌九。大聲兄爲了獵取新聞線索，有時也就放下身段，和這幫「最接近高層」的哥兒們在一起吃喝玩樂一番，組成他的新聞網。每逢春節，陸大聲都會自掏腰包分發禮金給這些網眾。

（摘自〈粗中有細，有膽有識〉，龔選舞）

我的家世，在我祖父那一輩是極為顯赫的。我祖父負責過籌辦慈禧太后壽宴的工作，累積了很驚人的財富與人脈。我們雖然是雲南人，但卻是湖北襄陽城的望族。住的房子是襄陽最考究的。院落不但大到可以同時停進數十部轎子，不但有山有水，裡面還有很漂亮的現代化馬路。我們家裡光是接待室就至少有四個以上。小時候我記得祖母的臥房，還有其他房間（包括接待室）掛的書畫，都得隨著春夏秋冬的變化而更動。

這樣一個排場的家庭，到我父親和我伯父手上，逐漸敗掉了。落魄的境地，到父親動不動要我出去借錢，結果連大門口兩個工人都在施捨我們。經歷過這些貧富起落，我很早就養成了平等待人的習慣。見到多有錢的人、地位多高的人，我固然覺得沒什麼了不起，看到地位卑下的人，我也絕不會自覺高他們一等。甚至，我是越看到地位低的人，越要提醒自己客氣待人。這都是我可以廣交朋友的基礎。

我父親和大伯父帶給我的經驗

在我讀高中的時候，有一天回家，父親要我趕快把家裡兩個客人從後門帶出去，然後要送他們到城牆上才能回來。我遵命達成任務，回到家一看，才知道我們才剛走不久，幾十個軍人到我家來搜查，說是要抓拿江洋大盜。父親看我回頭了，知道我完成任務，放下心就得意洋洋地要他們愛查哪裡就查哪裡，終於以對方道歉回去而收場。

這件事情，雖然讓我覺得不太對勁，但也沒覺得那麼壞。後來我對交朋友的態度變得沒那麼嚴肅，和這件事情有相當關係。

我大伯父也帶給我一個奇特的經驗。大伯父也在襄陽當官，曾經爲自己心愛的姨太太過世，花了當時一、兩百萬元的錢修了一個現代化的大墓。這樣一個人，在民國二〇年代，我十一、二歲的時候去投了共。當時我和祖母睡一個房間。有一天夜裡睡著覺被祖母搖醒。抬頭一看，祖母房間的簾子被掀開，我大伯父站在那兒和祖母說話。我很清楚地聽到他說了一句：「媽，我的頭沒有了。」那麼清晰的經歷，不可能是在做夢。我認爲那是一次靈異經驗。但是這次奇特的經驗也讓我體會到人生是非常複雜的。各種事情都可能碰上，什麼怪事都會發生。也因此，我覺得人生沒有什麼了不起的，沒有什麼是不能去闖的。我相信，這也是我好交朋友的一個背景。

異性朋友

記者和採訪對象成了知音雖然很好，但如果這個知音是異性，接下來的發展要特別謹慎，不要鬧出不太正常的關係。

要戀愛就是要坦誠的相戀。假如你遇到的紅粉知己表示對你非常有興趣，首先你自己也要考慮，你對她是不是也是真的有興趣，真的有興趣友誼就可以繼續發展下去。但不能說因為是紅粉知己，你的採訪完全按照她的願望來報導，那也不行。

我覺得任何人都不可以拿自己的職業來出賣，損傷自己的職業。作記者的人，尤其要注意這一點，體會到自己的職業是神聖的，不可以隨便當成工具來出售。遇到對方做錯的事，他希望你按照他的說法去報導，而你接受他的委託，明明不對的地方你卻說他對，這就不僅出賣自己的職業，甚至可以說出賣自己的靈魂，這種事絕對不能做，要斷然拒絕。遇到自己傾心的對象，仍然如此。不能以業務來為個人的興趣與喜好服務，這會讓人覺得你對自己的工作是不重視的。這仍然是出賣你的工作。

誠信之道

不論我和任何採訪對象，抑或沒有直接採訪關係的人交往，中心只有一個，那就是誠信。

誠信不可少。在任何地方都要注重誠信，不注重誠信還是不行的。誠信不僅對事業、朋友，甚至對自己的家人，那怕睡在同一張床的人，都需要誠信。做到誠信，哪怕上帝要召你回去，都有不負此生的感受。

和徐永昌的奇緣

作記者的和採訪對象之間，因爲雙方立場的差異，往往有些不打不相識的情況。我一生也碰過不少這種事情，不過，其中有一件比較特別的是，我們後來不但成了無話不談的朋友，甚至更有了不足爲外人道的交情。

這個人是徐永昌將軍。今天的讀者大概都不知道徐永昌是什麼人。徐永昌是二次世界大戰結束，盟國代表在美國密蘇里號戰艦上舉行接受日本投降典禮的時候，代表中國出席的一級上將。他的地位和重要性，由此可見。

抗戰勝利後，國共內戰一觸即發，美國派遣特使來華，進行調處，成立「三人小組」，美國是馬歇爾，共方代表是周恩來，國府代表就是徐永昌。

當時周恩來是個極爲特別的統戰高手，和記者的關係維持得八面玲瓏，不分親左還是親右的報紙，都善於拉攏，不該說的話雖然一句也不說，但是可以說的話，也絕不吝於發放給記者。馬歇爾是有選擇地接待記者。而徐永昌則是一個十分謹愼的人，性格內歛，就是不喜歡見記者。連我這個國民黨所辦的《中央日報》的採訪主任，要見他也再三碰壁。我跑他的軍令部，都說部長不在；軍令部找不著，就跑到他家去找，家裡也說不在。到處找都找不到。一次兩次，我第三次就提出警告，假如我下次再來，你們再拒絕我，我就在《中央日報》上發表「徐永昌失蹤」。他的參謀「嗯」一聲，意思是：「量你小子也不敢」。結果就是敢。有一天我眞的在《中央日報》上刊登了〈徐永昌失蹤〉的新聞。

發表之後，馬歇爾馬上叫人打電話給蔣介石。蔣介石說不可能，你們昨天開完會，他還向我匯報，怎麼會失蹤呢？這是從哪來的消息？馬歇爾也就不客氣，他說對不起，這是你們 Government Organ（政府機關報）說的，不是我說的。蔣介石於是要陳布雷去查問。陳布雷是秘書長，專門和記者打交道，老記者出身。我知道要來查問了，守著電話，果然接到布雷先生打來的電話。我講了經過，也說了我的理由：這是三方面談判，周恩來方面特別接待記者，我們自己的徐部長卻拒絕記者，這樣只能聽周恩來的片面之言嘛！所以我才這樣做，發表「徐永昌失蹤」。

布雷先生說：「胡鬧，胡鬧，眞是胡鬧！」就把電話掛了。布雷先生是記者出身，是我們這一行的，他向蔣介石匯報，說是陸鏗搞的，也婉轉地說明了這小子他的想法是如何如何。蔣介石聽了之後，通知宣傳部長彭學沛來安排溝通，後來徐永昌就請我到他家裡吃點心。

我這樣和徐永昌認識，開始交往。由於就他怎麼發布新聞，《中央日報》怎麼刊登新聞有了默契，所以沒有多久，一方面我們報紙建立了新聞權威，外國通訊社駐南京記者非「拜山」不可，另一方面徐永昌逐漸對《中央日報》有了信任感，我們也得到很大便利。由於他幾乎三天兩頭就會見到蔣主席，所以消息非常靈通。

後來徐永昌和我的交往，相互溝通越來越好。比如他會主動提到美國不滿國府政治無能與貪污，引用馬歇爾批評的「自私、腐化、頑固」。他舉中央軍吃空額情況嚴重爲例，有的向地方需索無度，以致上下交惡，兵民交怨。我問他，爲何不直告蔣先生，他說，在正式會議上都提了不止一次。但何敬之（指何應欽）不懂，陳辭修（指陳誠）不改，而蔣先生亦不悟。言下不無感慨。我請徐永昌從軍人的角度對蔣先生作一評價，他說：「蔣先生作戰英武果斷，惟對治軍差池。是受蒙蔽，還是有顧忌，就很難斷了。」

一九四八年五月，我應閻錫山邀率首都記者團訪問山西，並應傅作義邀訪問平津。離南京前向徐永昌請益。大出我意料之外的是，他竟介紹北京八大胡同韓家台的一名妓女給我，告以此女來自山西，溫柔大方，北地胭脂，不同於南方姑娘，芳名玉蘭，可以一醉。

到北京後，在《華北日報》社長張明煒老大哥嚮導下，果得遇此姝。年約二十五、六，身材高挑，談吐不俗，語及上將軍，口稱「徐爺」。原來她另有一個名字，覺俗氣，玉蘭之名乃徐將軍所取，蓋徐在南京私邸園中有一奇葩，形色皆似玉蘭而甚大，葉似橡樹，香味甜美，徐偶於傍晚欣賞此花，悠然神往。

每每想到作爲一個記者，與採訪對象、年紀長自己三十二歲如徐永昌這樣的軍政人物打交道，友誼竟能發展到可以分享美色，也是一段奇緣。

第二章

如何面對突發新聞、獨家新聞

絕不退縮

我前面說過，記者都希望遇到一些「機緣」，好大現身手。但是葉公好龍，真正有狀況發生的時候，不是每個人都受得了的。一般記者碰上大狀況的時候，可能還有點徬徨猶豫該怎麼做，大記者則一定會挺身而出，並且，絕對沒有還價空間。

這種沒有還價的空間，對記者會產生極大的心理壓力，因此一定要有一個根本認識。那個認識就是：考慮這種作法對絕大多數的人民是有利的，還是有害的。絕對有利的話，就算是死掉了也還划得來。

因此，這也就是要有「臨大節而不可奪也」（《論語》），以及「人固有一死，死有重於泰山，或輕於鴻毛」（《報任安書》，司馬遷）的認識。

以我自己的經驗，一九四七年在報導孔宋弊案的風暴時，面對蔣介石的親自詢問，仍能堅拒說出消息來源，是我記者生涯中絕不退縮的一個代表性時刻。

我與孔宋弊案

我當記者的一生，面對最大的事情就是爲了孔宋貪污案，直接跟蔣老先生面對面，當時眞是要命，會掉頭的。

這件事情發生在一九四七年，我鬧出徐永昌失蹤事件之後。當時國共內戰日益吃緊，前線士兵連軍用水壺都配備不上，後方孔宋家族卻窮奢極侈，花費大量外匯從美國進口包括各種化妝品等消費用品。這樣，再加上先前抗戰勝利後重慶人員到淪陷區接收形同「劫收」的行徑，都讓有識之士覺察到國民黨民心已失，大勢已去。

當年夏天，南京舉行參政會。這個會包括各黨各派和社會賢達，在國民政府行憲之前，在一定程度上發揮了國會的作用。會上，參政員對政府展開激烈質詢，炮聲隆隆。而孔祥熙、宋子文家族的「揚子」、「孚中」公司利用政治特權所做的種種勾當（包括非法套取國家外匯），則是炮火的焦點。在參政員緊迫的逼問下，政府官員雖然終於回答「最高當局（指蔣介石）已命令財政經濟兩部會同調查」，但再進一步可怎麼也不肯多講。

我在會上旁聽、採訪，一方面很受這些諤諤之士的感動，一方面也因政府財政大員的諾諾之態，言必稱「最高當局」的搪塞，而感到悲憤莫名，所以很自然地產生一個衝動：「爲什麼不可以在報上揭發這個貪污案呢？」

由於當時的財政部是俞鴻鈞掌管，沒法下手，於是我找一位專跑財經新聞的記者漆敬堯一起合作，從經濟部（青年黨的陳啓天主管）那裡找到一份政府針對孔宋家族做的調查報告，寫了一篇報導刊登在《中央日報》上，標題是：「孚中暨揚子等公司破壞進出口條例，財經兩部奉令查明」。內文，則揭發了孔、宋這兩家，在一九四六年的八個月時間裡，利用特權向中央銀行結匯三億三千多萬美元，占國家同期售出外匯的百分之八十八。

這個新聞一出，各國駐南京的記者都打到通訊社，上海、香港所有的報紙都轉載，簡直轟動得不得了。《中央日報》是國民黨黨報，黨報自己來揭發政府大員的舞弊，其意義之重大，可想而知。至於國民黨內部，更是軒然大波。蔣夫人宋美齡從上海打電話回去罵這件事，因爲他們在上海得到的消息是，二陳（陳果夫、陳立夫兄弟）在搞孔宋。當時陳立夫是中央日報的董事長，因此不但是蔣夫人這樣相信，而且還直接打電話回去給蔣先生說自己人搞自己人，於是連蔣先生也相信了「二陳搞孔宋」。

這個事情驚動太大，結果蔣先生親自召開多次會議，要追究調查報告是誰外洩的。我的對應則是，從一開始就決定自己扛起所有的責任，一方面銷毀了原始文件，讓經濟部裡提供資料的人放心，一方面把漆敬堯也調離上海，避避風頭，散散心。

蔣先生一心想知道是什麼人告訴我的，所以李惟果（當時的宣傳部長）和陶希聖（宣傳部副部長）先來約談我。但我說：「新聞記者要遵守保護新聞來源的原則，我不能講。」後來他們報告蔣先生，蔣先生叫他們告訴我：「我是總裁，他是黨員，總裁命令黨員講出來。」我說：「我要求退黨！好不好？」陶希聖鐵青著臉，用著黃岡腔說：「人只有一個腦袋，沒有兩個腦袋。」我說：「陶公，我知道人只有一個腦袋，但這個腦袋可以不要的。」李惟果馬上說：「大聲，怎麼可以這樣對待陶公，收回收回！」他是正部長又很愛護我，不然這個事傳到蔣先生那兒就不得了了。

那時候內政部長張厲生平常接受採訪對我印象還好，我從他那裡得知，這個案子本來有人主張交給特務去辦，但是因為國際都知道了，所以決定還是交給憲兵。

後來，八月五日李惟果部長來接我去一個地方，我已經準備好「風蕭蕭兮易水寒」了，但是沒想到去的地方並不是憲兵部，而是蔣先生的官邸。原來他們向蔣先生匯報，說我說消息來源不能講，蔣先生聽了覺得怎麼有這種事，決定自己召見，自己來問。

蔣先生看到我，一開口就說：「什麼人告訴你的？」

「報告校長，能不能准我多說幾句？」我問。

「不需要，就說什麼人告訴你的。」蔣先生皺著眉頭，很不耐煩。

當時我也不知哪裡來的勇氣，心想反正就一條命嘛，不管他愛不愛聽，就一口氣講了四十分鐘，不停地講。我講在前方看到士兵和共產黨打仗，連吃一口水都不得的情形，我說：「校長，請你想，和共產黨打仗是要流血的，結果連吃一口水都不得，這個仗怎麼打啊？」從這裡講起，然後講中國老百姓怎麼可憐，孔宋怎麼貪污，而這些反感都會投射到最高當局身上，最後對黨和國家都形成危機。我注意到蔣先生隨著我的慷慨陳詞，原來緊皺著的眉逐漸舒展，不耐煩的神情也漸漸消失了。甚至到講到快完的時候，我發覺他不自覺地點了點頭。

這個時候我下了結論，表示我用《中央日報》來揭發這件事情，正可以表示國民黨不同流合污，蔣總裁大公無私。而「校長一再教導我們做人要講誠信，要堂堂正正，做記者如講出消息來源即不誠不信」，所以我才不敢把消息來源告訴他。最後，我站起來要求處分。陪我去的李惟果先生也趕緊站起來要求處分。

蔣先生看我們兩人都站起來請教處分，也站了起來，嚴肅地以寧波官話宣告說：「我什麼人也不處分！我什麼人也不處分！」

這場風暴終告結束。

獨家新聞的時機

記者都想掌握到獨家新聞，有時候又希望特別保護採訪對象，不要讓他曝光或受到不必要的傷害。因此有的採訪對象希望即使你知道這個新聞，也先不要報導，可你又擔心為了保護他先不發，萬一同業沒有這個顧忌，這條獨家就被搶走了。

新聞發布的時間點應該考慮。有時候，受訪者會跟你說希望這個新聞晚一點再發，這個時候你要有判斷力，分清楚這新聞是不是他獨家知道的、他控制的，如果這個事情絕對是獨家的，當然你可以緩兩天，延後一下。

如果是**Popular**，很多人都知道，那就不能答應他。

如果是介於**Popular**與獨家二者之間，就要看這個新聞的價值。如果價值很高，對不起我還是要發，因為這件事重視的人太多了，想了解的人太多了，因此我對不起你，不能因為你要我緩我就緩，你可以直接跟他講。如果他接受你採訪的先決條件就是希望你延緩幾天發，那就要討價還價了，這種事情也不能太客氣。如果他一開始就說，我可以告訴你，但現在不能發，那就要問什麼時候可以發。這是為了新聞本身考慮，不是為採訪對象考慮。因為我們的採訪是為新聞服務，你是我的採訪對象，你能合作我當然感謝你，但是你叫我延期，我就落後了，當然不可以，所以這種情形之下當然可以討價還價的。

還有一種情況，是幾個同業都知道的事情，大家也都講好要緩一下再發，結果其中某一個同業偷跑，搶先發了新聞，那你也可以覺得心安理得，不必放在心上。

對採訪對象的保護

有的時候必須顧慮到採訪對象還不想因為某些新聞而曝光，或身分的曝露，需要保護；在另一方面，記者本身也有所謂知的權利，要幫觀眾或讀者爭取到，這二者之間需要維持平衡。當然，像美國的水門案裡面有些新聞對象是深喉嚨，不能曝光的，碰到這種情形，當然要不客氣，絕對還是應該要保護這個對象。

現在台灣的記者常常一方面說要保護新聞對象，但一方面卻用一句含糊籠統的「據說如何如何」，然後新聞便稀哩呼嚕地出來了。所謂保護採訪對象的一刀兩面，被拿來憑空揑造，這當然是不可取的。我覺得新聞記者報導新聞為人民服務當然重要，但是他還是有正義與非正義的差別。你的報導是正義的當然要義無反顧，如果是非正義的，那就要認真考慮，恐怕就不能成辯。

事情本身是非正義的事情，是錯的事情，雖然是事實，還是要認真考慮不報導。

非正義的事情就沒有理由為他報導。非正義的事情要弄清楚，然後不予報導。

最能代表這個事情的例子就是台灣有一年出現的白曉燕案。就是白冰冰的女兒被殺，那天晚上歹徒陳進興最後跑進南非大使館的武官家裡，還挾持人質，結果台灣電視台頂聰明的，一通電話查到武官家裡的電話，然後就打進去，所以記者就在電視上訪問起陳進興。陳進興就逮到全國的觀眾都在注意的機會和記者即時訪問，一問一答，他就在那裡把所有的責任都推掉了，把白冰冰講成一個不顧女兒死活貪錢的媽媽。那天晚上，許多記者為了取得和陳進興的電話訪問，許多肉麻不堪的話都說出來，把他稱呼得像個黑社會老大者有之，一口稱呼一個「您」的有之。我就覺得這種情形，即使你有再好的採訪機會又獨家連線，都不應該讓他連線，何況還要那樣討好他，讓他為所欲為。

採訪之前的準備

一般來說，對大記者而言，很少跟別人不認識卻直接拿出麥克風放到別人的嘴邊，要別人發表意見。這是很沒有品、很沒有禮貌的。在採訪之前你自己的心裡要有大致的輪廓，完全沒有輪廓的時候，貿貿然去採訪，會沒有重點。

這個輪廓起碼是他這個人的情況，基本情況要了解，當然不是全部情況，另外最好對他相反的評價也知道一些，除了正面的東西，反面的東西最好也知道一些，這樣採訪會比較完整。以前我去採訪胡耀邦，知道他的特點、優點在那裡，也多少知道別人對他的批評。

去採訪人最起碼要知道這個人的情況，還有這個人的傾向性要搞清楚。傾向性就是他究竟是左的？是右的？是中的？因為現在的情況，他究竟是站在一種什麼立場。立場一般來說多半都是所謂左派、右派、中間的，或者是表示我不屬於任何派，我就是我，至少這個情況你要了解。因為現在從整個世界狀況來看，確確實實是有鬥爭性的，鬥爭的兩面要先有所認知。比方說共產主義這一面，是馬克思列寧這一套東西；另外資本主義這一邊是主張自由的、放任的。你起碼要弄清楚，他究竟是主張什麼東西，他究竟是屬於哪一方面的，因為就整個宇宙世界來看，確確實實有不同的類型、有不同主張、有不同立場的。比方說美國和中國，中國到現在還是馬克思列寧主義，美國就是自由主義，它就是反對馬克思列寧主義，但是也有些在中間的。這些情況，至少在訪問的時候自己要心裡有數。

除了他的政治態度與政治傾向外，如果他只考慮賺錢（經濟）的事情而不太有政治傾向，你也要知道他賺錢的路向，以及他有什麼特別的地方。作記者不能專門搞政治，也要搞經濟。所以對他的背景一定要了解。這並不太難。因為去訪問的對象，起碼都有一點成就，如果他毫無成就，是不會去訪問的。當然不能強求詳細去了解對方的成就，但大致的情況自己是要有數的。

總之，對於採訪對象的認識，在還沒採訪前要大致知道一點，不能完全無知。完全不了解就去問當然也可以，但問不出好的成效。如果你自己不知道，甚至可以向你的採訪主任提出來，請對方告訴你這究竟是什麼情況，請他幫忙。在自己的同事之間互相切磋交流一下，這是可以做的。這樣做有一個好處，就是在採訪時心裡有個底，心裡完全沒有底去做還是不太好。

心裡的底有兩個來源，一個是看書報，從書報方面來了解，一個是跟同事或業界的前輩求教。像我以前採訪就曾經打電話給一位年紀比我長一點的前輩，討論一些關於採訪對象的背景。有時候可以問同行有來往的人，向人家請教；有時候甚至對我下採訪命令的人，我也可以直接向他請教應向那一方面著手。我的意思是，對完全不懂的事情就去做，這種態度不太好，起碼要有一點基礎、有一點思想。

採訪新聞的道具

採訪新聞，不但要有三教九流提供的線索，有時候還得有些道具。一九四七年一月八日，來華調停的馬歇爾元帥奉召返美、出任國務卿要職。馬帥回國的新聞，我搶了一個特大的獨家，龔選舞老弟曾經對這一段經過看得很清楚：「大聲凡這天一早就趕到報社，先撥了好幾通電話，獲致了有關線索，接著匆匆回家，換了身當年在艾森豪總部擔任隨軍記者時的美軍制服，然後乘坐聯勤總部借撥央報的那輛軍用吉普，並令隨車借來的駕駛兵載他直駛馬帥公館。

「一到公館大門，馬帥正準備動身，門前幾名警衛正想查問陸的身分，他已昂然直入，向馬帥侍從副官表示是專門來送行的。就是如此這般，他終獲追隨馬帥之車直馳機場，單獨親睹了蔣主席和夫人話別馬特使的場面，還留下歷史鏡頭。

「硬闖，證明他大膽、機智而有氣派，但是如果沒有那輛吉普、那名駕駛兵，和那套美軍軍官制服，經他細心安排，供作他的道具，不要說是登堂入室，同赴機場，恐怕連一點邊兒都挨不上。」

（龔選舞的話，摘自〈粗中有細，有膽有識〉）

採訪過程中的判斷

聽採訪對象說的話有時要姑妄聽之，但是到底要怎麼判斷什麼事情要姑妄聽之，什麼樣的事情要當真，也是個重點。因為萬一該當真的東西姑妄聽之了，就錯過東西了；同樣的，該姑妄聽之的，認真地一個個去聽，也浪費精力和時間。

如何判斷該不該當真，事前的準備很重要。

去採訪之前，腦子裡要有準備，自己要先讀書，先有東西，不能完全是黑的，完全是黑的就不要去。起碼要大致知道一點，然後考慮最重要的問題是什麼，你要準備好然後才去。這與事前準備有很大的關係。另外一種情況就是，採訪對象本身的事情決定它的重要性有多少，其次與事件直接有關係的人影響有多大，這兩者情況在你腦子裡事先要有了解。

這個原則對沒有發生事情和發生的事情都可以。

所以，之前就要準備好的事情可以歸納為三點。

首先，對於可能產生的事情和已經產生的事情，你自己要有了解，你要有輪廓，沒有輪廓就會亂問，這不行的。

其次對人，就是你去訪問的人，你要對他有認識。

這兩個東西弄清楚之後，你要搞第三個東西，就是究竟最理想的結果是要訪問到什麼程度。你把這三個東西弄好了，再去找人，情況就不同了。假如這個人你本身也不大清楚，他所掌握的事情你也不太清楚，第三你要什麼你自己也不太清楚，這種情況就不行。

另外還有一點很重要的事情，採訪對象是有不同身分的，有的地位很高，有的中等，有的是一般的，你去的時候千萬要注意避免你也分類對待他們。就是對高層地位很高的人，和對中層的人，和對基層的人，你去採訪他們，在心情上應該都是平等的，都是你的採訪對象。不可以對高層的人必恭必敬，對基層的人卻蹺著二郎腿，這是不可以的。對記者而言，總統和山上拉車的販夫走卒在你眼裡是一樣的，都站在同一個平等線上。不能在總統面前，嚇得不得了，縮手縮腳，在車夫面前就根本不在乎。要養成一個習慣，平等待人，我們希望人家平等對我們，我們對人家也要平等對待。

採訪過程中，也會遇到態度非常不合作、有點不耐煩的情況。這時候，你要怎麼辦呢？絕對不是阿Q，我的心得就是：原來還有這樣的人；除了那種非常和藹可親的人，也有些架子很高的人。因此我要考慮，我下一步對他的採訪怎麼進行。假如說上面給我的任務是當天交卷，那我必須要考慮當天要怎樣進行，如果不是當天完成，我過一兩天再考慮怎麼跟他聯繫。

總之，對大人物，要不亢不卑，克服恐懼。謙虛要謙虛得恰到好處。

另外，要據理力爭，替自己想，也要替對方想。總之盡可能做到有理有利。

報導立場的公平

對記者來說，如何維持報導立場的公平，是他在報導一個事件時最重視的原則。

要維持這個原則，有許多理論可談。但也有實務上的難處。尤其是當一些極為敏感的事件發生時，千絲萬縷的關係，加上採訪時間與條件的種種限制，就算精神上一再提醒自己要公平，實際怎麼才能做到呢？

我認為這有兩個原則。

第一個原則，是盡量客觀而不要主觀。

第二個原則，則是要看大局，而不是斤斤計較於當事各造分別訪談了多少人，讓他們各自表述了多少意見等等。換句話說，客觀，要的是看大局的客觀，而不要淪於收集一些枝微末節的客觀。

事實上，越是碰到大的事情，牽涉到的方面越廣，關聯到的人越多。如果只顧得點滴不漏地把所有細節都「公平」呈現，一來怕仍然百密一疏，掛一漏萬；二來也怕太過瑣碎，整篇報導讓人只有見樹不見林之嘆。

相反地，如果能把一個事件的大局抓出輪廓，讓當事各方的立場、觀點都能重點呈現，那麼公平的原則也就掌握住了。能把這種大原則掌握住，就算有些當事人採訪不到，也無損於報導立場的公平；掌握不住這種大原則，就算面面俱到地採訪到了各方人馬，仍然可能在有意或無意間造成偏頗。

我很懺悔的一次報導

一九四七年，我應占領日本之盟軍統帥麥克阿瑟將軍邀請，參加「中國赴日記者團」到日本訪問，見了中國駐日代表團團長朱世明將軍。他給我留下了很深的印象，回國後，除了撰寫〈麥帥治下的日韓〉長篇報導之外，還寫了一段兩百多字，既不像新聞報導，又不像政治評論的玩藝兒。

這段文字導致蔣先生看了之後，對朱世明將軍「勃然震怒，下令解職」。原文如下：

〈關於朱世明團長〉

「朱世明之爲人清廉，聰明，有魄力，如果一心一意發揮其根據代表團使命而應有之管制精神，確可有爲。惟最近數個月以來，該團第四組副組長張鳳舉爲了升官的關係，將其介紹與日本女間諜李香蘭（山口淑子）相識。李在滬助敵爲虐，在東北參加奴化工作，罪該萬死，但姿色與技能均勝一籌，故得漏脱法網回國。目前與朱過從極密，不但有違管制精神，且影響工作效率，同時難保不生其他弊端。比如麥帥方面，因此已看輕代表團。

「現在東京的中國人，都盼政府爲了愛護朱世明，爲了愛護國家計，迅速設法由國防部將此漏網之李香蘭引渡回國，加以處分，實爲公私兩益之事。」

而這一段東西，嚴格說來是不盡不實的。

一、所謂「日本女間諜」這一頂帽子隨便加在李香蘭的頭上，不僅對她是一種侮辱，也是違背新聞道德的，因爲沒有事實根據。

二、所謂「在滬助敵爲虐，在東北參加奴化工作」則是無限上綱。事實上不過是唱了幾首歌如〈中國之夜〉、〈夜上海〉、〈夜來香〉等等。說什麼「罪該萬死」，簡直是信口開河。

三、所謂「漏脫法網回國」，更是不通。一般人誤會李香蘭是中國人，而李香蘭卻是不折不扣的日本人。日本人爲日本工作，而且只是唱唱歌，演演劇，何罪之有？戰爭結束後連戰俘都要遣返，她爲什麼不可以回到自己的國家呢？

四、對於李香蘭與朱世明過從甚密所加的評語，完全是「自由心證」。比如說「麥帥方面因此已看輕代表團」，只是想當然耳。

最後說什麼「現在東京的中國人，都盼政府迅速設法將李香蘭引渡回國，加以處分。」說明主觀判斷李是像金壁煇、日文名川島芳子一樣的中國人。殊不知李並非中國人，而是日本人，她只是在天津認了一位中國乾爹而已。更拙劣的是說：「現在東京的中國人都盼政府」如何如何。如果給筆者加上一頂「強姦民意」的帽子，也不爲過。

總之，這是一篇非常拙劣的東西，事隔半世紀作此自我批判，至多只能表達對朱世明將軍和李香蘭女士的歉疚之情。並爲新聞同業留下一個反面教材的事例。

我爲什麼來此一手？分析當時的思想衝動，有三點：

首先，個性好管閑事，痛恨小人動作。聽到駐日代表團的人攻擊張鳳舉先生（原爲北師大教授）爲了官如何用「美人計」博取朱的信任，不加調查了解，便信以爲眞。

其次，自認爲代表南京《中央日報》，而央報當時爲全盛時期，朱世明將軍接待記者團，我雖年輕排位不能在前，但亦應排於中間，不能排後，似乎受重視程度不夠，因而產生一種病態心理反彈。

其三，當時入行不滿七年，缺乏專業記者修養，自以爲是，任性而爲，犯了錯誤，還很得意。
我曾在《陸鏗回憶與懺悔錄》中說明，我人生中有許多值得「懺悔」之事，此乃其中之一。現在寫這本書，再引出來當作一個完整的反面教材。

報導的一時與千秋

新聞都是即時的。報紙的新聞，是按「天」來計的。電視的新聞，是按「小時」來計的。不論按「天」還是按「小時」，都是一時性的，那麼短暫的時過境遷之後，就為大家所遺忘了。那麼，新聞記者的工作，本質上就都是一時性的嗎？或者說，新聞記者的工作，有沒有「千秋」可言？

我認為，新聞記者的「一時」與「千秋」，沒法並立，但是卻可以並存。所有的歷史，都是由「一時」累積而成的。所有的「一時」，也都是由歷史所推進演化出來的。因此記者所面對的新聞，固然都是「一時」，但不應該忘記、忽略這些「一時」與歷史的關係。事實上，記者如果只顧得注意新聞的「一時」，而不知掌握和這個「一時」相關聯的過去的歷史，不知思考和這個

「一時」相關聯的未來可能的演變，那這個記者的層次就有侷限。

所以，記者第一要經常對自己所負責的新聞，其直接、間接相關的過去發展、歷史，多有了解。了解的範圍越廣，越深入，一旦面對「一時」的新聞發生，就越能掌握這個「一時」的新聞在「千秋」的位置上有什麼重要性。

第二，這也就是為什麼一旦發生大事的時候，記者要挺身而出的理由。記者的「一時」新聞報導，有時候是在無意中造成深遠影響的，是事後才發現其意義的。（像我採訪胡耀邦，造成「一言喪邦」的結果，就是一個例子。）但是，更多時候，記者應該有意地掌握「一時」的新聞報導，使之產生深遠的影響。（像我千方百計要報導孔宋弊案，就是這種例子。）

新聞出現問題的時候

提問不妨膽大，最好要求錄音存證。

如果採訪象當時很配合，但寫出來的報導讓採訪對象很不高興，感覺對他很不利，有的人或許要控告你，有的人或許採取其他的種種手段。碰到這種狀況，首先自己要檢查自己的報導，看我有沒有錯，看他告的是不是有理。如果對方告我有理，那是一種做法，如果無理就是另一種做法。有兩種對待方式。如果有理，那我當然要承認是我錯，坦然地承認，他要我道歉我當然道歉；不是我錯，他硬要說我錯，我當然據理力爭，一定和他幹到底。

前兩年台灣有政治高層為了一則新聞要告一家報紙，後來那家報紙在頭版上登了好大的道歉啓事。我認為那種處理並不妥當。

我認為，碰上記者報導產生爭議的時候，最重要的是先坦誠地檢查。假如事實證明這新聞是錯的或假的，就不應該錯到底，不應該隱瞞、遮蓋，而是坦然承認自己錯。錯了就是錯了，自己錯了就是要認。錯是大錯小錯，有意無意，也要分清楚。這些都該實事求是，不但不應該掩蓋，相反的還應該跟讀者說清楚經過，解釋錯誤是怎樣造成的。甚至，如果情況嚴重，連出錯的人做了什麼處分都向讀者做一個交代，這樣才是一個傳媒正確道歉的態度。

因為我一生重視採訪的這些準備，並且事後整理採訪稿也實事求是，所以很安慰的，並沒有栽過跟頭，碰過什麼難堪的事情。不過，訪問胡耀邦那一次的結果，在我心中產生很大的糾葛。

採訪胡耀邦〈請參見本書後面的〈採訪案例一〉〉，是一件非常不容易的事。而他說的東西之多，成為他在共產黨內部被批鬥、甚至最後下台的根據，我心裡對他非常慚愧。還好當時是錄音訪問，所以都是根據他的話，沒有加鹽添醋，心裡還好過，沒有歪曲他，也沒有故意粉飾，都是實事求是。即使如此，結果還是成為他下台主要的原因，因此到現在為止內心還是覺得對不起他。但是另外一個情況，相反的，他之所以現在得到很多敬重，也是因為訪問全文的發表，引起學術界、政治界很大的震動，這個人太誠懇實在了。舉一個最顯著的例子，我說：「王震將軍是你的湖南老鄉吧？」他說：「他是南鄉的，我是北鄉的。」我說：「那是南北呼應吧？」他說：「也可能是南轅北轍。」這下子要命了，王震在鬥爭胡耀邦的時候拿了這句話要胡耀邦交代，「我跟你什麼地方南轅北轍？你講，你交代出來！」這要怎麼交代呢？他一生是這樣的個性。王震在中國大陸是軍閥似的人，大家都這樣看，最後逼得他下台這是個很大的罪狀，所以像這種情形之下難說。但最起碼，我自己的採訪內容，是沒有問題的。

校對的問題

我一向認爲校對是報紙看來細微，卻極關鍵的一個環節。記者的報導，字斟句酌，無非就是把一字之貶，一字之褒的緊要，隨時放在心頭。這不僅事涉原則，也和實際利害有關。敏感的新聞，一字之差，引起多少糾紛，不能不隨時注意。

因此，校對對報紙的重要性可想而知。報紙如果不注重校對，記者謹愼小心的用字，一不小心被排字的人，打字的人搞錯了，前功盡棄，所有的工夫都白費了。

現在的報紙記者都是自己用電腦打稿，聽說有些報紙也把校對組撤掉了，但是看到今天的報紙上出現錯別字之頻繁，不能不說這是一件值得所有的人重視的問題。

校對鬆散，不只是說明對文字態度的鬆散，也說明了對新聞態度的鬆散。

記者的充電與休息

記者們常說二十四小時都跑來跑去的，新聞不斷地發生，每天跟著新聞去採訪都來不及了，哪有什麼時間去自我充實？記者的自我充實該怎麼做？

記者可以取得能源的對象，首先是同事或業界的前輩，譬如自己的採訪主任。碰上自己沒遇上的事、不明白的事，向採訪主任提出來，請對方告訴你這究竟是什麼情況，請他幫忙，互相切磋交流一下，這是可以做的。這樣做有一個好處，就是在採訪時心裡有個底。像我以前採訪，就經常打電話給一位年紀比我長一點的前輩，討論一些關於採訪對象的背景。最近我遇見一位年輕的記者，也很厲害，會坐在我旁邊，逮到機會就一直問我記者該怎麼做。像這種情況，總結一句話，就是不恥下問。

記者另一個充實自己的方法，就是閱讀。其中，尤其要首先看報紙、讀報紙。我們自己當記者在報社工作，一定要看看我們的競爭對手的報紙，非看不可，就算再忙，少睡覺少吃飯都可以，這個東西卻是不可少的，你讀別人的報導，比吃飯還要重要，應該要有這種的心態，真的跳到裡面去了。有時甚至看的好高興，不吃飯也不覺得餓了，這種奇妙的事情都會有的。

除了讀報之外，就是需要讀書。讀報和讀書是同等重要的，假如完全不讀書，想要攀高赴遠是比較難的。

記者該讀什麼樣的書，不一而足，史學、地理方面的東西當然都需要讀，可是我覺得多注意一些名家的著作是重要的。舉個例子來說，像梅蘭芳，雖然跟你沒有關係，但要知道他是中國最大的藝術名家，這你就需要看看。記者就是和人打交道，許多特殊有成就的人，你最好也了解一下。也許你沒有那麼多時間和金錢，但最好要知道一點。除了散書之外，成套的書也要讀。像我那個年代，要讀通鑑就是個例子。成套的書你慢慢地看就會有感情了，就像精神上的早餐和晚餐，能夠對自己當場見效、會起作用的。

至於休息，我覺得休假對記者來說是一門很大的學問。我個人是很不願意休假的，在我來說，其實也無所謂休假。如果你實在一直想休假，思想上總是想著那個地方，沒有時間沒有機會去，那麼遇到你可以休假的時候，就去跟你的上司說清楚，你要休假到哪個地方去，要去幾天，配合工作什麼時候回來。

休假當中恐怕還是要照顧一下自己的對象，在這種情形下，因為難得，不宜在這種時候還去採訪、寫作，起碼對你的伴侶來說，這種行為是殺風景的。自己也許不感覺，可是太太會感覺殺風景。不過依我的看法，在作記者的過程中休假時間不宜長，如果你退休不作記者了，那休假長沒關係，任何一個記者都要和自己打招呼，休假不宜長。幾天可以，超過一個禮拜就不行，否則的話記者做不好的。

我會如此認為，是因為當記者六十多年，最大的感受就是記者一定要有自我犧牲精神。不能怨天怨地或者怨老闆，這都不對。不是天不要你休息，不是地也不是老闆不要你休息，而是你自己的職業決定你不宜長期休息。就是奉獻。我對外國的情況不太懂，但是二次大戰時期在歐洲作過戰地記者一段時間，跟外國的朋友在一起的時候，就感受到他們沒有休假的觀念。作記者，就是需要奉獻。不論你是覺得自己在為人類奉獻，對同胞奉獻，或為小市民奉獻，我覺得都是值得的。如果你覺得不值得，那就改行；覺得值得，就不要埋怨。因為這是你自己的選擇，不是別人強迫的。

第二章

如何面對試煉

第一種試煉：光環與自我膨脹

記者因為媒體的特質，可以見到一些一般人不容易見的人，有一些一般人沒有的見聞，因此很容易自覺高人一等。尤其是跑政治新聞的記者，每天見的都是李登輝、陳水扁、連戰這些人，和其他線記者每天見的不是強盜就是殺人犯、妓女這些比起來，也會自覺比較優越。甚至，有些媒體的記者，本身就在明星化，不必借助別人就成了明星。這些，都是記者頭上的光環，很容易自我膨脹的陷阱。

如果看不出這是一種試煉，看不透這其中的虛幻，而當真以為自己是可以和國家領導人平起平坐的人物，以為自己是什麼超級巨星，只怕一旦有個變動，自己要走下舞台的時候，會受不了那個打擊。很多人一離開自己原來風光的媒體，就大感失落，就是這個原因。

所以，記者，第一不該把自己所工作的媒體，當成一個自我膨脹的基礎。你總要分得出大報社的光環和你自己之間的關係，有的人把報社整個的光環套到自己頭上，認為我就是這樣，這是記者經常會有的毛病。

第二，記者要懂得把別人恭維你，套給你的光環，和真實情況有個區隔，不該把別人對你的恭維當成一個自我膨脹的基礎。很多情況是，遇到層次越高的人，對你會有特別客氣和禮貌的情況，一不小心就會先自我忘形。

在這一方面，我一直十分警惕自己。我舉一個實際的例子。

阿扁第一次當上總統之後，第一個接見的記者是我，在其充滿自信的答問中，對我的記者生涯，包括坐了國共兩黨二十二年牢的紀錄，也如數家珍。他和我照相之後，叫底下的人馬上把我和他的合照沖洗出來、裱框，放在盒子裡。臨走時給我，再送我一本書《台灣之子》，書裡面還題了「中華民國記者第一人」。

我說不行，這太過分了。他說不過分。

在這種情況下，你知道有這回事就是了，不能認為自己真的就是「第一人」。中華民國記者多少人啊？成千上萬！你沒經過考試，沒經過淘汰，怎麼可以自以為是？他說你「第一人」，是他對你的禮貌，只能這樣看，不能認為我真是第一人了，那還得了，不僅該打屁股，簡直該死了！

所以我覺得，別人對你越是歌功頌德，說你好得不得了的時候，你就越應該切記莫要「得意忘形」，越要反省：「我真有這麼好嗎？」得意忘形，首先你的同業就會覺得你臭了，得到反效果。實在受到什麼特別高層的特別敬重的話，頂多知道有這麼一回事，當成是對自己的鼓勵是可以的，但要拿來當作自己的本錢，絕對是適得其反。不能別人奉為上賓，就自我風光、自我快樂，最後上天堂了，這簡直開玩笑嘛！

于右任先生曾經講過，作記者是世界上最快樂的事情，因為記者不僅是先天下之憂而憂，也先天下之樂而樂。正因為記者是最快樂的，所以要時常自省，不可以得意忘形。因為一忘了形，接著下來，肯定第一步是帶來煩惱，第二步帶來痛苦，這是自取其咎。本來是第一快樂的，最後就是自己活該！所以除了反省之外，就是再反省！幹我們這一行，說起來容易其實不太容易。有時候特別的東西送上門來看起來是大福，其實是大禍。

記者對光環要注意的第三件事，是不要覺得頂著什麼光環了，就經不起別人的批評。任何報導都不免有疏漏之處，總要有人提醒你有錯。有人提醒，你就應該要反省。你不能拒絕人家提醒。做人不能總是全部做好的、偉大的、正確的、光榮的，這是不可能的。自己感覺到自己不好，自我批判當然應該；另外別人對你批判，你更要好好認真地考慮。

記者的享受

記者先天下之樂而樂，連在戰時都可見一般。這裡講一段二次大戰時期，我去歐洲當戰地記者的見聞。

當時巴黎的斯克瑞甫（Scribe）旅館，是艾森豪威爾總部特別為戰地隨軍記者準備的，在當年物資缺乏、糧荒、肉荒、煤荒、十分困窘的巴黎，仍然設備齊全、且廿四小時有熱水供應，每天只收當時約合美金十元的一百五十法郎房金，二十五法郎一頓的晚餐，有魚肉可吃，且大多是大西洋的另一岸美國運來的，戰地記者們雖然不時放言高論，但大家心裡都明白，這是一群被盟總所奉養的「天之驕子」。

當時，在戰地旅行是不收費的。只要是盟軍占領後駐紮的地方可以隨意飛來飛去，且手續簡便，只消頭一天打一通電話，告訴公共關係官員，第二天什麼時候要飛什麼地方，到時候就有美軍開著吉普車，拿著塡好的機票到旅館來接，一直把你送到機場。因此，我們常常有這樣的事，頭一天感到巴黎的飯不好吃，想到倫敦的中國街去吃中國小館，當然也想順便看看朋友，特別是朱撫松、徐鍾珮這一對，第二天就飛倫敦了。

記者的享受，還不只如此。

後來，我們到了奧地利，又見識了另一番情形。記者營設在維也納的 Weisserhahn 旅館，規定每一位記者每個星期六晚餐時可以請一個客人，平日不許有外客。戰地記者們便用這個機會帶奧國小姐到旅館裡晚餐，而維也納的女孩子也以能交上戰地記者作朋友爲榮，因此，每逢星期六下午，旅館大廳和餐廳人滿爲患。吃完飯後，各個記者都心照不宣地帶著女友上樓回到自己房間。不知是哪個缺德的傢伙取了一個名詞，叫「進軍維也納」。攝影記者們特別放肆，常常在大庭廣眾中宣揚自己的「戰績」如何「輝煌」，大家對「人慾橫流」的嬉戲都不以爲恥。

戰爭，眞是一股無所不摧的力量，它不僅摧毀一切物質建設，也摧毀人們心靈，包括人的尊嚴。

而記者，由於站在一個比較與眾不同的角度，一個拿捏不住，不論在戰時還是平時，心理都容易產生扭曲而不自覺。

第二種試煉：面對收買的誘惑

記者也會遇上誘惑自己出賣職業的情況。

當然，對方總要付出一些代價來誘惑你出賣職業。其中，鈔票是一種；美人計是一種；封官許願，加官進爵是一種。不出這三種。

這三種誘惑孰重孰輕，完全是投其所好，因人而異，沒有一定可言。有人可以讓他動心於金錢，有人可以誘之以美色，有人可以使之心動於官場的騰達。雖然三者各有各的作用，但是如果硬要點出其中最普遍，也最值得重視的一種，則還是金錢。

我會有這種看法，是受于右任先生影響的。

于右老雖然是新聞界的老前輩，但是當年對我們年輕人卻不但親近，還善加照顧、提攜。于右老的美髯是有名的，但是我們年輕人看他的美髯飄飄，不免好奇他睡覺的時候，到底是把美髯收在被子裡，還是放在被子外。因而我曾經自告奮勇，夜裡偷偷去他房裡探個究竟，被他逮到。而于右老毫不以為忤，只是面帶微笑地把美髯對我搖搖！

這樣一位和我們毫無距離可言的長者，我印象十分深刻地記得，他就記者與金錢的關係，很嚴肅地提醒過我們兩次。他說話的重點就是，對於我們這些年輕記者的未來，他不擔心我們會樹敵，不擔心我們和別人發生衝突，唯一擔心的，就是對金錢問題的處理，不夠嚴肅。

因此他提醒我們，對於金錢，萬不可「貪」。不但不要動別人腦筋，做什麼主動拿人家錢的事情，更不要「一不小心」地拿了別人的錢。

說起來，這些好像都是做人的基本道理，但是為什麼到了記者身上，卻成了要特別强調的事情？那就是因為記者面對的環境很複雜，主動、被動拿別人錢的情況都比一般人要多出許多，因此要特別謹慎。

記者為什麼會多出這些誘惑？說到底，還是因為有人希望買通你，讓你做一些對他有利的報導。

他為什麼希望收買你？這大約又可以分為兩種可能。

第一種可能，是新聞焦點的對象相互競爭十分激烈，每個人都希望有關自己的報導能產生一些更有利的作用，因此爭相籠絡記者。這種情況，在政治和經濟層面上，都屢見不鮮。

第二種可能，是特別有權力的人，要做很大的事情的時候，會拿出一大筆錢來做安排。安排的目的，又不外乎兩個：一個是有些事情就是希望你不要報導；另一個是，有些事情特別希望你大加報導。

當這些人要用金錢收買記者的時候，方式有很多種。有比較間接的，譬如招待旅遊、送一些禮品之類的；也有直接的，就是直接送錢。

不論是直接還是間接的收買，都要經過一種程序。那就是飯局。因此記者對吃飯這件事情不能掉以輕心。

記者為了採訪，為了交往，不能不參加一些飯局，經常和別人吃飯。而有些飯局，正是某些人想要探索一個記者是否可以收買的最好場所。在這種飯局上，他就會來試探你的動向，看你是對金錢本身，還是什麼嗜好、什麼物品有需求，然後來進行下一步的動作。

當然，記者需要人情酬酢，什麼禮物、旅遊都不能接受，未免不近人情。凡事不過一個常識，招待、禮品，什麼程度之內是可以接受公評的，應該還有那麼一個常識的準則。而牽涉到收買動機的招待、禮品，是一定不在這個常識之內的。

至於金錢，當然就比較清楚了。和自己採訪工作有關的直接、間接對象所給予的任何金錢（不用特別强調還包括有價證券吧），都是不能收的。政治新聞記者如此，經濟、商業等其他記者也是如此。

我因為很早就受到于右老的教誨，對金錢相關的事情特別敏感。也看重在經濟收入上自我要求的品德。所以，我認為記者唯一能賺的錢，就是自己的稿費。也因為如此，所以長期自我問心無愧。一九四九年之後，我在大陸雖然坐了很長的牢，受了不少折磨，但是在牢裡的時候，心一直很安，沒有什麼惶惶然的地方。其中一個主要原因，就是回顧過去，可以坦然相對。

的確，記者要能跟自己坦然相對，必須經得起金錢這件事情的試煉。

怎麼拒絕別人送錢

有時候，別人可能是摸不清你的立場，也可能是執意而爲，會在一些你意想不到的情形下硬是要送你個信封或什麼的。

你心裡雖然不快，但是也不能拍桌子翻臉，這個時候怎麼拒絕對方，又能給他一個下台階，就很重要了。

我的方法是，一律先給對方鞠個躬，謝謝他的好意。不過，態度溫和卻堅定地說明自己在新聞工作上一向避免瓜田李下的立場。

對方有可能還是堅持下去，甚至還可能爲你找出一個收下這筆錢也沒有什麼不妥，很冠冕堂皇的理由。譬如支持你進行一個什麼研究計畫等等。但是不能收的錢就是不能收。我碰到這種情況，感覺到實在「卻之不恭」的時候，就會提出一個建議，說其他需要錢的人大有人在，乾脆請對方把錢捐出去，譬如捐給清寒學生。對方如果再堅持，這筆捐出去的錢倒可以讓步爲由我和對方共同具名，成爲共同捐獻。但這也就是最後的底限了。

依我的經驗，只要你眞正把持得住，一定有辦法在不傷雙方和氣的狀態下婉拒掉別人送錢。拋開那些有心需索的人不說，大部分記者其實最該防範的，還是如何不要落入一個半推半就的狀態。

信報給我的稿費

因爲我對金錢的態度使然，所以到了今天八十五歲的年紀，仍然只是以稿費爲我唯一的收入來源。而目前，我寫作的固定稿費來源，就是香港的《信報》。

> 過去我爲《信報》每星期寫一篇稿子，《信報》發行人林行止先生付我很優渥的稿費。近年來，我的體力與精力都沒法支持每星期一篇稿子的分量，改爲每兩個星期一篇。因此我特別寫信去請林行止把稿費也改爲每兩個星期付我一次。但我發現稿費還是照舊在付，再聯絡要求更改時，林發行人和他夫人堅持不肯，說我不必爲此事費神。之後，我也就勉爲其難地一直雖然每兩星期交一篇稿子，卻在領每星期交一篇稿子時候的稿費。這雖然是林先生的美意，不過也算是我的不當所得，因此在此記上，也謝謝林行止伉儷。

談到第二種收買，也就是美人計，倒別有感慨。在我一生，追求美人，動腦筋鑽人家空子，努力想要把人家搞上手的事情是有的。大概也因為已經這麼主動地在追求美人了，所以就根本沒曾碰過什麼別人對我使美人計的情況。

談到美人計，仍然不離那個根本：別人還是要收買你，以求你幫他做點什麼。也許是不要報導什麼，也許是特別報導什麼。對於美人計這種事情，千萬不要因為覺得不像收受金錢那麼骯髒，就掉以輕心。既然說是「計」，就表示你處於一種被動的狀態。一旦你進了這個圈套，接受他的委託，明明不對的地方你卻說他對，那就和接受金錢沒什麼不同，不僅是在出賣自己的職業，也可以說是在出賣自己的靈魂。

閻錫山的陣仗

勉強說是感受到別人刻意用美女來加深我印象的，是抗戰結束後去太原的一次。那次閻錫山將軍招待首都的記者團去太原參觀，眞是遇上了大場面。一進城，街道兩邊高掛兩排標語。一排是「歡迎首都記者團」，一排是「陸領隊萬歲」。一下子搞得你飄飄然。等到上席的時候，全是最漂亮的女人上菜、勸酒。其中有一位美女，酒量尤其驚人。她敬我們汾酒，碰到任何人都是你喝一杯，她喝兩杯。而我們這一夥人都被灌倒了，她還若無其事。美人能有這種酒量，也是難得。

「封官加爵」，是第三種收買的型態。這裡的封官加爵，是一種泛指，固然會發生在政治記者身上，也會發生跑其他新聞的記者身上。我一生都守在記者這個工作上，認為記者是個終生的職業，所以把「封官加爵」，轉換人生跑道的機會都看作是一種誘惑與試煉，但別人可能不作此想。也許別人想的是記者也只是一個工作，從記者的工作上有機會轉到其他跑道上無所謂誘惑不誘惑。人各有志。但是起碼有一點是可以捫心自問的，那就是，這個得以「封官加爵」，得以轉換人生跑道的機會，到底是怎麼得來的。如果獲得這樣的機會，自己要犧牲一些在記者專業與道德上的堅持，要接受某人的某種委託或要求，那這樣的轉換人生跑道，就仍然是在出賣自己的工作與靈魂。碰上這樣的誘惑的時候，也就是碰上了別人要收買你的時候。

第三種試煉：面對政治的堅持與風骨

作記者，尤其是政治記者，要想不問政治、與政治絕緣是不可能的，問題是如何在新聞和政治之間劃出一條界線。新聞是新聞，政治是政治，不要混為一談。應把二者區隔開來。避免因採訪報導新聞而捲入政治。不要因為新聞採訪，接觸很多政治人物，結果陷進政治泥坑。

我六十多年從事新聞工作，積累了一些經驗，也有不少教訓，教訓最深重的就是對新聞的興趣太大，連帶地對政治也很感興趣，結果把一些原則擲諸腦後，任性而為，有時甚至得意忘形，給自己帶來不少麻煩。

具體的例子是閻錫山廣州組閣時，有意讓我做他的發言人，我何嘗不沾沾自喜，覺得身價已相應抬高。還告訴李蔚榮老弟說：「最好是發表而不就。」這說明靈魂深處已經捲入政治，並未徹底清除那些骯髒的東西。以致在許家屯的問題上，拋頭露面代許招待中外記者，向李鵬挑戰，指李鵬為「弱智兒童」，再度陷入政治泥沼，連我在中文大學新聞傳播系教的學生都感到不解。

他們問我：「老師，你教我們的時候，不是强調記者報導要客觀，尤其要避免捲入政治嗎？」我除了坦率地承認：「這正是我的問題。」還能說什麼呢？

台灣近年來政治話題持續熱潮不退，政黨相爭、統獨議題，左右著許許多多人的神經。結果，看到兩種很奇特的情形。第一，是許多跑政治新聞的記者，也因為主跑的政黨不同，形成不同的政治主張，甚至儼然成為自己採訪政黨的代言人。第二，是政治的話題太強，所以連記者也跟著黨同異伐起來，不由自主地覺得與自己的政治理想是相同的人，很自然的對方不管講什麼、做錯了什麼都當作看不到；相反地，如果是政治理想不同的人，則什麼事都要拿著放大鏡，甚至哈哈鏡去觀察。這都是因為新聞採訪，接觸很多政治人物，結果陷進政治泥坑。

我覺得記者對於政治所該堅持的風骨，有兩個層次。

第一個層次，是威武不能屈，富貴不能淫。碰上什麼新聞，政治人物手上的權力（即使威脅到你的生命）嚇不到你，他可能給你的好處，也誘惑不了你。不過，這還只是最低的層次。

第二個層次，則是要超脫於一切政治主張之上的堅持。新聞記者所信奉的是新聞原則，而不是政治理想。只有政治人物，才執著於政治理想。新聞記者，要執著的是新聞原則。越是置身於政治新聞最核心漩渦的記者，心中越應該沒有政治才是。

最懂得和記者打交道的政治人物——周恩來

我和周恩來、鄧穎超伉儷認識，遠在一九四一年的重慶。那是一個統一戰線大開展的時代。國共兩黨合作抗日，中國新聞學會包括不同黨籍和無黨籍的記者都興致勃勃地參加。

當時，國民參政會團結各黨派和社會賢達的參政議政組織，發揮著戰時國會的作用。代表中共的參政員有八人，包括毛澤東、周恩來、鄧穎超等。毛澤東從未出席過；周、鄧雙雙每會必到，對我們記者不分黨派，都和顏悅色，熱情招呼。從那時起我們就稱鄧穎超鄧大姐，稱周恩來周先生。不過，在實際接觸中，他們還是要看記者報導的立場觀點，區別對待。比如像《大公報》的彭子岡、《新民報》的浦熙修、人稱浦二姐，她們進入中共代表團，常常是穿堂入室，而其他記者要訪問周恩來，卻需要事先約定。

一九四六年國共和談於南京展開，周恩來在梅園新村的門是大開著的，對於自己方面的記者或親中共的記者，固然在新聞上給予一定的方便，對於代表國民黨新聞機構如《中央日報》、中央社的記者也表現出「一視同仁」的歡迎。

我生平第一次看秧歌舞，就是在周恩來和鄧穎超一九四六年於梅園新村舉辦一次與記者同樂的晚會，當時主要的節目是《兄妹開荒》；而〈南泥灣〉的歌曲也是第一次聽到。周、鄧還對每一位出席晚會的記者贈送一條山東解放區生產的痲織布褲料，質地相當不錯。這反映了中共的軍隊是把打仗和生產結合起來的。

梅園新村的記者會當時也是首都南京的一個新聞重點。中外記者踴躍出席。使我永遠難忘的一次是一九四六年五月，陸定一以中共中央宣傳部部長的身分，出席海園新村中共代表團的記者會。陸定一強調中原軍區李先念部受到國軍的攻擊，國軍甚至企圖消滅李部，並直指是蔣介石的命令，指控政府方面違背停戰協議。

我當時問陸定一，指爲蔣先生的命令有何證據？他說是截獲了電報。我再問電報的可靠性如何？結果兩人爭執起來，一點也不客氣。當晚，美聯社駐南京特派員米爾克斯（Horald Milks）就以「兩個姓陸的吵架」（Two Lu's Quarrel）爲題報導了這件事。

當我與陸定一吵完架，記者招待會結束，大家紛紛離開梅園新村時，我還沒有走出大門，周恩來突然出現了，滿面笑容地對著我問了一句：「怎麼樣？今天收穫不小吧？」

我沒有料到他會來這一手，只能點頭說：「不小，不小！」及至坐上車回報館的路上才引起了自我反感：爲什麼面對陸定一，我表現得理直氣壯，侃侃而談，面對周恩來，就會有吃癟的感覺呢？

直到隔年馬歇爾將軍以調處中國內戰失敗決定回美之前，我對他進行了一次不作紀錄的訪問才得到答案。

我問馬帥：「中國的政治人物，你所接觸的，給你印象最深的是哪一位？」

他說：「周恩來。」接著他簡單談了他對周的印象：「周儀表不凡，風度翩翩，不慌不忙，談起話來態度誠懇，娓娓動聽，有時雖然感覺他是在詭辯，但也覺得機智可愛。他容易得到人的好感，而且給人以他是顧大局、願意妥協的和平使者的印象。」

我再問：您所接觸的國民黨人中有沒有可以同周恩來匹敵的？他說：「抱歉！沒有。」

認識周的人都感到周的記憶力是驚人的好。我一九五四年在昆明出獄，五六年周爲中緬邊界問題到昆明，有一次在雲南省政協與各界人士見面，在人群中發現了我，馬上走近握手相向說：「你還是和南京時候差不多。我是從邵力子先生那裡知道你是雲南人。」其記憶力之驚人，在我身上也得到印證。

總之，周恩來可以說是中國第一統戰高手。

第四種試煉：失意時刻的挫折

如何面對失意時刻，這是一門學問。這門學問，古往今來多少人物都談過，不需要我在這裡多言。

我能說的，只有兩點。

第一，是永遠不要忘記自己的記者身分。再怎麼失意，再怎麼挫折，不要把新聞給忘了。記者只要時刻不忘記新聞，就沒有什麼失意時刻不能度過。（再怎麼失意，也失不過要送命的時刻。我一生中有一些碰上性命攸關的時刻，卻能以自己所引發的新聞而樂。）

第二，六十幾年記者生涯中，我對自己做人有一個原則，那就是：心存善良、寬厚，希望所接觸的人都得福免禍。而且，遇朋友需要幫助，都盡力而為。這樣，雖然在政治上對於有反感的人，往往不加避諱而直接點出，因而得罪過一些人，並且在人生旅途上也波折不斷，但是作了六十幾年的記者，起碼在專業上沒有栽過跟頭。

再失意的時刻，也要心中有新聞

記者不論發生什麼事，都要心中有新聞。

我對新聞天生就有感情，這個感情深刻到什麼程度呢？當中共「大鎮反」所有在押的犯人都可能殺掉的時候，那時我是犯人，每天開會叫我們每個人坦承自己的錯誤，房間裡五個人就五個人開會，十個人就十個開會，根據中共鎮壓反革命條例自己認罪，在那種情況之下，我當時考慮的竟然是殺了我以後新聞標題要怎麼做，想了差不多一夜終於想出來了，第二天早上睡醒高興得不得了，人家說：「你發瘋了，我們都快死了，你怎麼還那麼得意？」我說：「我想到了最好的題目『萬人爭看殺陸鏗』。」你看都已經快死了，還在想死了以後的標題怎麼做，實在滑稽得很。

當時殺人的時候不是喊殺你，而是喊「某某某收行李」，叫你把行李裹起來，背出去就殺了。有一天我在睡夢中聽到「406收行李」，當時一下子震昏了，可是又覺得我不能這樣死掉，所以鼓起勇氣大叫：「我是406，報告大軍，恐怕弄錯了。」「錯什麼，叫你收行李你就收。」我大聲說：「我還沒結案呢！」

因爲，獄方在那之前提審過我，說有一個牧師被捉，給我一個立功贖罪的機會找我去翻譯，還告訴我，我的案子還沒結，所以給我這個機會。那是一個美國駐昆明的一個牧師，叫我做他的 my confession 翻譯。牧師寫自白書，寫完我翻譯。

我一面收行李一面覺得很奇怪，前兩三天才告訴我，說我案子還沒結，怎麼會叫我收行李呢？後來過了十幾分鐘「咚咚咚咚」的腳步聲又來了，「406鋪蓋打開繼續睡覺，409收行李。」那個409用手指著我說：「你……你……你……」意思是「你怎麼叫我去代死？」我說：「我是說我錯了，我沒有提你叫你去代死啊！」他說：「你太不道德了！」結果405很好，是空軍司令，這個人很有頭腦、名叫沈延世，他說：「錯了，你也可以報告。」於是409也喊：「報告大軍！」軍士來了之後，他說：「報告大軍，我也是錯了！」「你沒錯，你不是叫沈煥章嗎？」

當時在監獄裡是不准說名字的，即使喊我們的人喊名字都要受處分，我們犯人互相說名字都要戴手銬受處分的，對方能公開說出「沈煥章」，就表示確定就是你了，所以那邊才敢說你的名字。他一聽癱瘓了，他對我說：「黃泉路上很難走，我連襪子都沒有一雙，你借我襪子一雙？」我趕緊拿了最好的襪子給他。這個情況之下我自己就沒事了。但在這之前，我作夢還是和新聞有關，就是想到新聞題目「萬人爭看殺陸鏗」，好過癮啊，不怕死，實在很荒唐，迷新聞迷到這種程度，都快死了還在想標題。後來我對學生講書，還有這個題目。

我對新聞事業確確實實有深厚的感情，這是一個證明，到了隨時都可能死了的情況，並沒有感覺死得有多悲慘、痛苦，相反地還在考慮「萬人爭看殺陸鏗」。到現在爲止，我覺得我選擇這個職業是沒有錯的，不負此生！所以我對年輕記者講話，一再重申記者不做則已，一旦要做就是終身職業，把終身奉獻給新聞事業。這是我對自己的自我陶醉，無可救藥了！

後語

我難忘的一些人

二〇〇一年九月逢記者節的時候，在台灣收到了新聞界受尊重的鄭貞銘教授寄贈的六部頭《百年報人》一書。正如他自序所說的：「對傳播情深，對教育義重。」這是非常難得的壯舉。可以想像，他是將全部心力和精力都獻出來了。拜讀之後，我曾小抒觀感如後。

談三個優點與遺珠之憾

第一、從蔡元培、梁啓超、林百水、于右任幾位前輩寫起，反映了歷史觀，使後人從先賢事蹟中，汲取教益。

第二、雖然書名《百年報人》，但選賢與能不僅限於傳媒人上，而且包括了電影界、創業人士、電影導演、電視工業先鋒及電視界名嘴。

第三、具國際視野，雖然全集以國人為主，也選出了二十位世界知名的傳播人士，使讀者從中國進入世界。

由於可供選擇的報人甚多，而作者有自己的選擇標準和角度，難免有遺珠之憾。

最突出的例子莫如將李荊蓀先生漏掉了。荊蓀投入社會就在新聞界工作，先後任南京《中央日報》總社總編輯、台灣《中央日報》總編輯、《大華晚報》創辦人，最後不幸在白色恐怖中，被以匪諜罪名逮捕。經刑訊逼供，先判無期徒刑，後因蔣老總統逝世，改判有期徒刑十五年，而且坐牢十五年一天不少。出獄後不久就因心臟病突發逝世，直到二十世紀結束以後，其家屬才得到政府的賠償金。

像李荊蓀這位把終生獻身給報業，可以說為報業而生，為報業而死，並且經政府向家屬賠償的新聞戰線英雄，竟在《百年報人》中漏列，不能不說是一項很大的缺陷。

再就是漏列了蕭乾，這位第二次世界大戰中第一位中國駐歐戰地記者，他參加了諾曼第登陸戰，在《大公報》上發表了膾炙人口的新聞報導。加上他是一位文學家，寫出了《未帶地圖的旅人》等傳誦一時的作品。

還有就是蔣渭水先生，他是日本殖民時代具抗日情操的報人，曾經組織了台灣民眾黨，創辦了《台灣民報》。

當檢視《百年報人》時，還發現有一重要的遺漏，即沒有一位攝影記者。其實，新聞圖片在某一層面比文字還重要、還感人，而攝影記者所拍攝的照片，在某種程度上，其感人的效果還遠超過文字。

陳立夫講的一段話

至於我自己，當我接到鄭貞銘先生來函告以名列八十位中國近代報人時，自然產生無負終身作記者的欣慰。不過，等我見到書，看到與我同在第三冊的曹聖芬的名字時，又產生了另一種反應。

這裡有一則非常有趣的故事。

那是在一九九七年的八月中旬，我接到陳立夫先生的秘書朱先生的電話，告以立夫先生想約我到天母家中談談，我當然遵命，屆時由我的青年朋友林南嶽駕車陪同前往。

立夫先生很客氣，以香茶接待，然後對我說了下面一段話：

「你的回憶和懺悔錄寫得很好。但是，關於我的一段寫得不好，在揭發孔宋貪污與蔣公直接衝突一段中，說我『把CC與其他派系的鬥爭置於國共鬥爭之上，表現偏狹自私，眼光如豆。』這是不對的。CC是別人亂說的，而我的為人從來是大處著眼；比如蔣公與胡漢民先生及汪精衛不和，我就勸蔣公以大局為重，團結為好，說明我心地並不偏狹、眼光更不是如豆。」

我謝謝立公的教誨，解釋說：我之所以這樣寫，不是指的在黨內鬥爭方面，而是指的對共產黨的鬥爭。

抗日勝利後，全國人民都盼望避免內戰，進入建設。而當時的共產黨，只不過想參加聯合政府，毛澤東能夠分到一個院長位子，也就滿足了。當然他終極目的還是要推翻國民黨，不過願意暫時妥協，因此通過重要談判，三方達成政協決議。沒想到立夫先生領導一批人在國民黨中央全會上把協議推翻，以致內戰大打，結果不但出乎蔣公意外，也出乎毛澤東意外，他原來是預計五年推翻國民政府，結果不到四年就進駐南京了。

立夫先生問：「你的書再版時，能不能把批評我的話改一改？」我說，謝謝立夫先生的教導，只是我尚未考慮改，但立夫先生的話我會找機會寫出來。

與曹聖芬的一段經過

相隔大約十天，朱秘書打電話給我說，立夫先生約我吃飯，還約了幾位我認識的朋友。我問是哪幾位，他說：葉明勳、丁中江、曹聖芬、劉紹唐、閻奉璋。我說：請你報告立夫先生，聖芬是政校的老大哥，但他對我過去一直有意見。隨後朱秘書回話說，已報告立公，立公說，過去的事不必糾纏，還說上次陪我到天母的年輕人林南岳也一起約來。

就在一九九七年八月三十日，我和南岳同到來來飯店赴立夫先生宴，我們在十二點左右見到立夫先生。不久，曹聖芬就拄根拐棍來了。他先向立夫先生三鞠躬拜壽，我才知道當天是立夫先生過生日，並向曹聖芬打招呼說：「老大哥，好久不見了。」

曹聖芬斜視著眼很不友善地看了我一下，轉過頭向立夫先生說：「今天陸鏗在這裡，這頓飯我是不能吃的。」

我為了緩和氣氛，向立夫先生報告：「聖芬是政校老大哥，他曾在國民黨中央常會罵我是匪諜，那已經是過去的事了。」

這起因於當抗日戰爭期間的第一個新聞同業組織成立，曹聖芬以政校同學老大哥之身，爭取出任理事未能如願，而我卻出任社刊編輯，得左右派同業的支持，引起他的反感。

立夫先生還來不及反應，曹聖芬就露出滿目兇光，對著我說：「我不但過去罵你是匪諜，我現在還要罵你是匪諜！」

這一下我不得不回敬了：

「你有什麼資格罵我是匪諜？《中央日報》本來是全國知名的大報，但到了你手上，不是辦報，而是做官，不考慮讀者的願望，滿足讀者知的要求，而是主觀地不准搞新聞競爭，不重視獨家新聞，有時甚至擺出領導群雄的姿態，還要管到別家新聞報導的事，甚至動不動給人戴帽子。在言論上，更是滿篇八股，毫無新意，結果報紙進一步脫離了讀者，一蹶不振。你想想，你對得起《中央日報》同仁嗎？你對得起國民黨嗎？你對得起台灣同胞嗎？」

我一連串地說下去，他終於冒出一句：「你放屁！」

我那時不知道會反應那麼快，便回敬他一句：「你放狗屁！」

他說：「我打不贏你！」

我說：「我怎麼會打你呢？」

他很快地拄著拐棍，也不跟立夫先生打個招呼，就退出了。

立夫先生搖頭輕輕地說了句：「聖芬怎麼會是這樣？」而原來八人的餐會只好七人進食。

熱愛中國的英語播音員馬彬和

一九四〇年，我還在中國國際廣播電台工作的時候，正是抗戰最辛苦的期間。常常為了應付日本侵略者的狂轟濫炸，要跑警報。有時第一次防空警報尚未解除，第二次警報又來了，最長的時間持續四、五小時，吃飯睡覺都受極大的影響，可是人們在情緒上除了加深對敵人的仇恨，既沒有氣餒，也沒有怨言；相反地，有時還能自得其樂。

這時的一位英語播音員馬彬和（Pin-ho Ma，英文名 J. A. Mac Causland）

先生，是我難忘的。馬彬和原來是蘇格蘭人，因為熱愛中國、放棄英國籍加入中國籍，無償地參加中國抗戰事業。他出身牛津大學，英文造詣之高固無論矣，而中文修養之深亦令人佩服。比如，我和他第一次互通姓名時，我說姓陸，他馬上問是不是陸象山的陸，令我大吃一驚。記得有一次在防空洞裡聽他講朱子治家格言，當時竟產生了一個奇特的心理，希望防空警報持續的時間長一點，可以多聽聽他的宏論。

馬彬和不僅用中文名字，穿中國長衫，說中國話，而且不修邊幅，鬍子滿腮也毫不在乎，對人彬彬有禮，文如其名。有時他因工作的事給同事寫信，簽名的時候恭恭敬敬寫上：弟馬彬和頓首再拜。

我最記得的是，有一次日機轟炸，全城停電，偏遇上傾盆大雨，我們想馬彬和今晚大概不會來了，因為他住在十多里地之外，那知在對倫敦廣播的晚上十時節目還差五分鐘，只見他一襲陰丹士林布的長衫，拿著一張淋著水的紅油漆紙傘，長衫的下襬和褲腳全濕了，翩然而至。只問了一句：「停電，我們的廣播不受影響吧？」馬彬和先生表現的對中國的愛心和敬業精神，使《中國之聲》的每一個同事都深受感動。

與于右老的緣分

我在本書的前言中就已說過，我之所以立志畢生作記者，與于右任先生的教導是分不開的。

我初識于右老，是一九三九年，在中央政校上課的時候。于右老是在一九〇七年，二十九歲那年獻身新聞事業的。他從《神州日報》到《民呼報》、《民吁報》、《民立報》（合稱「三民」），一個接一個地代表新生力量向腐朽的勢力挑戰。連張季鸞先生後來辦《大公報》時，都自稱是「《民立報》的學徒」。

右老給我們上課時，已脫離報人生活三十年了，一旦回憶起記者生活，仍意興盎然。他說：「新聞記者是時代最快活的人。世界如此之大，文物日新又新，人所不能到的地方，記者能到；人所不易見的人物，記者能見；人所急於要知的情事，記者先知。」並以一九四一年十二月八日太平洋戰爭爆發舉例說，那一天，重慶絕大多數人都還在睡覺，而我們已在發「太平洋戰爭爆發」的號外了，那多高興啊！

我和于右老的緣分，當然遠不止此。從我成為新聞事業的一員起，他就待我如子侄。我的號「大聲」（取「實大聲宏」之意），是右老給的；我在許多情況下惹了禍，也都虧了有右老照應。

好友丁中江在于先生逝世後的紀念文中有一段是這樣追憶的：

民國四十年春，我由泰國和越南遄返台北探視親友，抵台當天即赴青田街謁右老，老人家一見我面，還來不及握手，就大哭起來，口中喃喃說：「大聲（陸鏗號）大聲，我想念他。」因爲若干年來，我總是和陸鏗一同謁見老人，這次在萬劫之後，只見我一人，而陸鏗卻陷身昆明，老人家見到我，勾起了對陸鏗的想念，遂掩面痛哭。我自昆明逃出，雖受人所不能忍耐之苦，卻從沒有流過一滴眼淚，可是在仁慈的老人家面前，卻像一個受盡折磨的孩子回到親人面前，有說不出的辛酸，因此也大哭一場。後來我返香港，去向老人家辭行時，右老很高興地對我說：「我有件寶貝送給你。」一邊說一邊在書桌上找，找了一會找出一份報紙，原來是一份《天地新聞》日報，正是查封那一天的。他老人家把報紙攤開，在上面寫著：「廿四斤行李中留此寶物，以贈中江，念大聲不已。」寫到末一句，又擲筆大哭。

千古奇冤李荊蓀

我一生好交朋友，並交到了好幾位知心朋友。曹雪芹在《紅樓夢》中有句：「萬兩黃金容易得，知心一個也難求。」而我何幸，知心竟不只一個，李荊蓀就是知心之一。

和荊蓀相識於重慶南温泉政校新聞事業專修班。結業後，他留校任助教，我開始作記者，那是一九四〇年的事。

荊蓀為人瀟灑，而心地善良，我敬之若兄，他待我若弟。《新聞天地》在重慶創辦，荊蓀是主要的觸媒劑，共十一弟兄，大家當老闆，個個當夥計。抗日戰爭勝利後，各奔前程。荊蓀奉馬星野老師派，負責籌備南京《中央日報》復刊事，一九四六年，我奉馬老師電召，自歐經美返國，任南京《中央日報》採訪主任，後升副總編輯兼採訪主任，與第一副總編輯朱沛人兄協助荊蓀執行了一條「先日報、後中央」的編輯路線，報紙以新聞為第一。

不過，沛人和我都傾向自由化；荊蓀對國民黨則耿耿忠心，把自己的一切成就，都跟國民黨聯繫起來，認為是國民黨給的。

一九四八年冬，《中央日報》遷往台灣，由他全盤掌握指揮，博得報社上下一致推崇。到一九七〇年十一月十七日荊蓀在台因「匪諜」冤案被捕後，官方竟將一九四七年七月二十九日我在南京《中央日報》揭露孔、宋貪污國家外匯三億多美金案，算作荊蓀的罪狀之一。

台灣警備總司令部一九七一年二月十八日對荊蓀提起公訴，指控荊蓀「任職南京《中央日報》期間指使該報記者陸鏗揭發『揚子公司』業務機密，致京滬轟動，以策應匪黨攻擊『官僚資本』之陰謀。」

荊蓀答辯明確表示：「事件是由陸鏗自己採訪得來，並非出於我的主使，更無任何陰謀，我今頗悔當日政治警覺不足。」接著，他敘述了他對我的看法：「陸鏗是非常活躍的記者。他在《中央日報》期間，採訪新聞都出於自動自發。可沒有一條是根據我的指派。他有發掘新聞的癖好，用不著我督促，如果一連幾天得不到獨家新聞，他會生病。」

而在我的記憶中，荊蓀最初對發這條新聞還是有所猶豫的，而我除了說明正面道理，還半開玩笑半認真地跟他說，如果你不發這條新聞，我們就打架。最後是沛人提出折衷方案，不在頭版刊出，而在四版刊出，他勉强同意，說明他一直是站在國民黨立場考慮問題的。

荊蓀被控為「匪諜」的另外「犯罪事實」就是他在一九四六年五月在回給當年福州《南方日報》同事俞棘的一封信中，表示「對不流血革命還不死心，報紙是方式之一。」但荊蓀沒想到俞棘一直把這封信保留下來，最後端出，作為自己案發後立功脫罪的工具。甚至在最後「公開審判」時，當庭作證李荊蓀確已參加共產黨。荊蓀在氣極的情況下，當場拍著自己的胸口說：「俞先生，良心！」在那種布妥的圈套中，良心還起什麼作用?!

而李荊蓀之所以十七日被補，十九日就承認自己是共產黨，主要是受不了「疲勞審訊」，且被命令於冬季躺在大冰塊上。用他刑滿釋放後向我們好朋友透露的：當時整個骨頭都酥掉了，叫我承認什麼，我就承認什麼，那種罪不是人受得了的。

荊蓀逝後五年，我問他夫人方佩倩女士：荊蓀當時被刑訊逼供的情況，是不是跟你談過?佩倩說：他只講了疲勞審訊的恐怖，別的未提，可能怕我受不了。

荊蓀就是那麼善良，這樣一副菩薩心腸。直到一九八五年十一月十七日才出獄。由於身心受到極大摧殘，出獄後兩年多，一九八八年二月十二日以心肌梗塞猝逝，含冤而死。借用李煜的一句詞：「自是人生長恨水長東！」

有所不爲的胡菊人

我和胡菊人在香港辦《百姓》雜誌的時候，香港在英國統治之下經常換港督，當時我們採訪新聞時一得知繼任港督的人選是尤德，就將消息立刻登了出來。登出來之後，電視台就請菊人上節目訪問，當時他是總編輯、我是社長，我就說：「菊人，機會來了，你去上電視用不著說什麼話，你就拿著《百姓》去，這就是最好的宣傳，我們是首先知道消息的，最早去採訪他，讓大家知道這個港督是什麼樣的人。」我的意思是：你只要把我們採訪港督的雜誌拿出來就行了，少說話，這等於是替我們《百姓》做最好的宣傳。結果到了晚上，我打開電視，看到菊人接受訪問，他談港督是怎樣的人，卻絕口不提《百姓》，更別說拿《百姓》到電視機前面亮相。這使得我覺得納悶。

第二天菊人回來，我問他昨天為什麼要喪失一個替《百姓》好好宣傳的機會，全港人都在注意這件事，怎麼不好好利用呢？他說：「陸大哥，我們怎麼可以這樣做呢？人家是請我去講講對新港督的看法，我怎麼可以去宣傳自己的雜誌呢？您想想，這是兩碼事！」我真是佩服他到底，自認輸了，因為這真是兩碼事，人家請他去講港督，怎麼可以去宣傳？拒絕我的建議去宣傳，說明在這方面我是不如他的。

這個人了不起，有所為有所不為，他盡量避免，而且不把別人給他的機會當成替自己的基業宣傳，我自愧不如。到現在我還會懷念這個老弟。

一份報紙不斷更改路線的結果

一九七九年，自稱出身律師、在台灣曾經營《台灣日報》的傅朝樞，挾重金從台灣到了香港，準備「大展鴻圖」。

他先說服台灣有關方面准予匯出五百五十萬美元，在香港創辦以《中報》爲名之民營報紙，並向其在台當道之友表示，要以中間面貌爲國府反共復國效力。

傅朝樞以《明報》爲假想敵，開始了一系列的戰略部署。首先，他到處打聽，《明報》內部除老闆查良鏞外，誰的社會聲望最高？經過多方了解，知道胡菊人最受人敬重。胡以一個廣東農村來的年輕人，十四歲開始從校役做起，自我奮鬥，自學成才，當到《明報月刊》總編輯。《明報月刊》在他的主持下，從六〇年代後期到七〇年代末，已成爲海外知識分子的言論重鎮，特別針對毛澤東發動的文革，加以筆伐，幾乎有口皆碑。於是傅朝樞決定以胡菊人爲目標，作爲進軍香港報壇的第一個獵物。

傅朝樞從香港的拜客活動中，探悉徐復觀先生是胡菊人最敬重的長者之一，而他的江西同鄉台灣立法委員涂公遂與徐先生屬老友，於是，他備辦了禮物向涂公遂請安，表示他準備在香港辦《中報》，希望得到鄉前輩的支持。同時說明，他心目中合作的對象即胡菊人，據傅胡菊人只聽徐復觀先生的話，所以特來請求涂介紹徐，進而懇求徐介紹他與胡相識。涂公遂欣然應充，馬上和徐先生通了電話，介紹傅前往美孚村徐寓拜會。

傅朝樞與胡菊人聯繫上以後，在香港最貴的一家海鮮館「新同樂」酒家宴請胡菊人，席上向胡菊人舉杯祝酒的第一句話是：「菊人兄，我想助您做當代的張季鸞！」

在傳朝樞花言巧語，強調「合作」，執禮甚恭，待遇優渥（比胡菊人原來薪資高出一倍還多）之下，胡菊人作爲對世情的險惡認識不足的君子，很快就和傳朝樞簽了約。約內最重要的一點就是：《中報》的編輯方針由總編輯訂。胡菊人全權處理編政。

《中報》創刊酒會堪稱盛況空前，來賓近千人，而且左右兩方面的人士三十幾年來第一次共同在一個酒會上出現。創刊第一天銷路六萬份，在香港也是空前的紀錄。

可惜，好景不常。出報之始，就遇到了政策上的衝突。傅朝樞弄來了大量的祝賀廣告，有的來自香港，有的來自台灣。今天是「一紙風行」，明天是「輿論權威」，後天是「南天木鐸」，這些無聊的東西，傅朝樞都要求胡菊人以第一版全版刊出。胡菊人指出這是「毒藥」，傅朝樞強調這是關係人情，非登不可。特別是台灣來的廣告，對中共更是一種釣餌，即使犧牲一點銷路，也是合算的。那知八天下來，銷路直線下降，到第十天報份一下少掉兩萬多份。

胡菊人為了避免一開始就和傅朝樞鬧得不愉快，忍氣吞聲，及至一個月下來，報份只剩三萬不到，傅朝樞對胡菊人也就一改禮賢下士之態，雙方僵局開始出現了。

開報不到兩個月，傅朝樞就玩弄手腕逼胡菊人將編輯部大權交出，派由他的小兒子傅獻堂坐鎮。同時在編輯方針上由原來要聞掛帥，改為港聞掛帥。

港聞掛帥，這下要和當時日銷三十多萬份，香港銷路最大的《東方日報》相對陣，光記者人力就完全不能相比，不自量力，敗下陣來，自屬必然。

港聞掛帥不成，傅朝樞鑑於香港《信報》財經新聞一枝獨秀，想要分一杯羹，忽然有一天召集會議，宣布翌日改行經濟新聞掛帥。

經濟新聞掛帥失敗後，老傅的小兒子，忽發奇想要黃色掛帥，並振振有辭地說，香港所有銷量大的報紙，都有黃色版面，要救《中報》，唯有黃色。於是在他主持下，開闢了一個以男女性事為主題的版面，名曰「快活門」。在黃色掛帥前，《中報》還有一萬多份銷路，「快活門」一開，馬上跌進七、八千，因此，《中報》的同事說：「快活門」不快活。而知識分子更紛紛有話：怎麼會開闢「快活門」這種低級下流的東西？這樣一來，誰還敢把《中報》帶回家？只有退報。因爲每家都有孩子，絕不能容許這種髒東西污染幼小的心靈。

傅朝樞父子經營《中報》，是「病急亂投醫」的寫照。一年內五易編輯方針，每改一次「掛帥」，就趕走一批讀者，《中報》到一九八〇年底，兜了一個大圈子改回到「要聞掛帥」時，銷路已被折騰得剩不到五千份了。

採訪案例一

胡耀邦訪問記

背景說明

一九八四年十一月，中國新聞社總社副社長王瑾希女士訪問紐約，我們見面時她表示歡迎我回國看看。我回答說：我這個人既不喜歡遊山玩水，也不喜歡朝山進香；如回大陸，一定要進行訪問。她問我想訪問誰？我說：從海外角度看，最擔心的是鄧小平以後的局勢。鄧後顯然是胡耀邦當大任，我希望通過直接觀察，認識一下胡。王表示試作安排。到了一九八五年三月九日，就接到中新社的正式邀請信，建議抵京日期放在四月底。五月十日即獲訪問。六月一日，香港《百姓》半月刊刊出了這篇訪問。

訪問發表後，發生了震撼性的輻射力，不但立即成為海內外中國人的話題，也受到國際傳播媒介和各國政府機關的極度重視。美國國務院六月一日將訪問記中有關台灣問題部分即時譯出，分電亞太區有關方面及倫敦。六月三日外國廣播資訊服務部門（FBIS）進一步全文譯出，並刊載於國務院發行的「每日報導」。接著，國務院就胡耀邦的談話發表了評論。

六月十一日，國務院的一位高級官員在華府向外國記者舉行了一次新聞簡報會，他對記者們强調：「他（指胡耀邦）是被一個非常具有進攻性的記者（指陸鏗）所追問所刺激才講出這番話的。」直到六月二十一日，也即訪問記發表三週以後，美聯社還自華盛頓發出消息說：關於北京可能在台灣海峽動武的問題，中國、台灣和美國之間進行了急速的交換意見。

蕭乾評〈訪胡記〉

兄的〈訪胡記〉弟又重讀了一遍，仍覺是採訪學的一部Classic。訪問有幾種寫法，在大陸，一般是按照被訪問者的路子，他想說什麼，就問什麼。這種訪問記好寫。凡是他不好說的，一律避開，專挑他想說的。如訪問勞模，即問他的突出事跡。訪問外交部發言人，更是只問他要聲明的。我稱這種訪問記爲「順勢訪問記」。這種訪問記容易寫，然而它總躲開要害、關鍵，因而看了往往不過癮。〈訪胡記〉我認爲是「逆勢訪問記」極爲成功的一種。採訪者充滿了機智。明明問的都是對方想躲開的問題，然而並不莽撞。問者彬彬有禮，講求技巧。一些尖銳問題正是隨著禮貌之後，冷箭般射出來，把被訪問者逼得無處可躲。

當然，這裡還有被訪問者的素質問題。如果他是個老奸巨滑的政客，還是能躲躲閃閃打一通「太極拳」，使對方什麼也摸不著的。如逼問得過於凌厲，他甚至可以來個拂袖而去。遇到脾氣暴躁、自衛感特強的人，他甚至可以把桌子一推翻，請你走人。

然而胡耀邦不是這樣的人。他不但講求禮貌，胸襟又分外坦率。不肯說違心的話，更不會使出野蠻手段。

其結果，就是老兄這篇異常成功的訪問記。

我認爲學採訪的年輕記者，應當把你這本〈訪胡記〉作爲

105

台北市南京東路四段25號10樓之1

網路與書股份有限公司台灣分公司 收

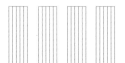

廣告回信
臺灣北區郵政管理局登記證
北台字第15343號

地址：　　市/縣　　鄉/鎮/市/區　　路/街　　段　　巷　　弄　　號　　樓

姓名：

(請寫郵遞區號)

Net and Books讀者回函卡

謝謝您購買Net and Books雜誌書！
如果您願意，請您詳細填寫本卡各欄，寄回網路與書
即可不定期收到網路與書的最新出版資訊。

姓名：＿＿＿＿＿＿ **身分證字號**：＿＿＿＿＿＿ **性別**：□男 □女

出生日期：＿＿年＿＿月＿＿日 **聯絡電話**：＿＿＿＿＿＿

住址：＿＿＿＿＿＿＿＿＿＿＿＿

E-mail：＿＿＿＿＿＿＿＿＿＿＿＿

學歷：1.□高中及高中以下 2.□專科與大學 3.□研究所以上

職業：1.□學生 2.□資訊業 3.□工 4.□商 5.□服務業 6.□軍警公教
7.□自由業及專業 8.□其他

購買書名：＿＿＿＿＿＿＿＿＿＿＿＿

從何處得知本書：1.□書店 2.□網路 3.□報紙廣告 4.□雜誌
5.□新聞報導 6.□他人推薦 7.□廣播節目 8.□其他

您以何種方式購書：1.逛書店購書 □連鎖書店 □一般書店 2.□網路購書
3.□郵局劃撥 4.□其他

您覺得本書的價格：1.□偏低 2.□合理 3.□偏高

您對本書的評價：(請填代號 1.非常滿意 2.滿意 3.普通 4.不滿意 5.非常不滿意)

書名＿＿＿ 內容＿＿＿ 封面設計＿＿＿ 版面編排＿＿＿ 紙張質感＿＿＿

讀完本書後您覺得：＿＿＿＿＿＿＿＿＿＿＿＿

1.□非常喜歡 2.□喜歡 3.□普通 4.□不喜歡 5.□非常不喜歡

您希望我們製作哪些專輯：＿＿＿＿＿＿＿＿＿＿＿＿

對我們的建議：＿＿＿＿＿＿＿＿＿＿＿＿

範本；新聞學院應當把它作爲教材。成功的採訪，不是聽任被訪者重複那些已知的東西。他應憑訪問的技巧、本事，發掘出那未知的。

這些，也不知兄以爲然否？

胡菊人評〈訪胡記〉

是一次爲海峽兩岸政治和中國統一問題的「群英會議」。胡耀邦與陸鏗兩者，可說是相得益彰。在陸鏗言，是完成了一次重要的精采訪問；在胡耀邦言，則是傳輸了中共領導人有史以來第一次的開明形象。

訪問稿全文（本書編按：本訪問稿文中譯名、標題均完全按原文呈現）

一九八五年五月十日下午三時半至五時半，中共中央總書記胡耀邦在北京中南海會見《百姓》半月刊社長、紐約《華語快報》發行人陸鏗，進行了坦率的交談。

談話涉及中國統一問題，當前大陸政局、新聞自由及經濟改革諸方面，並兼及胡耀邦最近訪問北韓及其他國際事務，除外交問題外，茲將雙方對話發表於下：

陸：作為一個獨立的報人，新聞戰線上的老兵，對胡總書記在百忙中接受我的訪問，首先要表示感謝！

胡：請坐！你在國內時，吃了不少苦頭吧。

陸：沒有關係，大時代嘛，個人算得了什麼。

胡：關於吃苦嘛，孟夫子說過：天將大任……

陸：天將降大任於斯人也，必先苦其心志，勞其筋骨，餓其體膚，空乏其身，行弗亂其所為……

胡：啊，你的記性比我好的多啊！

陸：是在你的提示之下，才順口說說。

胡：過去在國內，你是吃了不少苦的。（按：指陸鏗曾在中共監獄裡關過廿二年）吃苦嘛，對個人來說……

陸：沒有什麼，沒有什麼，大時代嘛，凡處在一個歷史轉變的時期，必然總會有些人在某種情況下吃一些苦，這差不多是一種規律了。問題是怎麼對待……

胡：但是作為我們來講呢，還是使你受委屈了……

陸：不過現在你看我，還有這樣的身體，也應該滿意了；對不對？我到香港，又到了美國，許多人看到我後都覺得不可思議，朋友們說：你怎麼被關了二十多年的監獄，竟然還是這麼個樣子？有的朋友甚至說：你怎麼竟還在人間！邵力子先生，你是知道的，很早很早之前，在重慶時期，我們就很熟悉了，他聽到關於我瘐死獄中的傳聞後，曾經專門派人去昆明了解我是不是死掉了，後來他們告訴他說：陸鏗活著，尚在人間。

胡：很好，很好。

梁漱溟、繆雲台談胡

陸：這一次我到北京，在拜候你之前，曾對你作了一番小小的調查研究，先訪問了梁漱溟先生……

胡：他現在九十多了吧？

陸：他現在九十三歲高齡了。我曾問他：梁老對目前國內的局勢有什麼看法？他說：目前國內的政治局勢是穩定的。我又問：您對胡耀邦總書記怎麼看？他對您有四個字的評價……

胡：哦？我很想聽聽是怎麼說的，哈哈……現在是我發問來採訪你了，哈哈……

陸：他的四字評價是：「通達明白」。這很不容易啊！梁老是大學問家，而且非常冷靜、客觀。另外，我的鄉長，繆雲台，雲南人，昨天我也向他問了一下……

胡：他也九十多了吧？

陸：他是九十一。我問他：繆公，我明天將去拜候胡耀邦總書記，很想聽聽您對他的看法。對不起，這裏我引用他的原話：「胡這個人哪勁頭很大，虎虎有生氣。」確實，你給海內外人士的印象，是一個很有生氣的印象；開明開放；非常豁達；有什麼說什麼，口無遮攔。當然也有人認為不夠穩重。

胡：也無所謂開明，只是吸收了幾十年的經驗，想了一想，總結了一下。從三〇年到現在，多少年了？五十五年了。從正面的經驗，反面的經驗，從自己的經驗，也從人家的經驗，我們都深刻體驗到：沒有看準的東西，失誤的東西，也是很多的……

陸：是的，世界上任何人都會有這種情況。

胡：前幾天奈溫先生在和我談話時說：誰也不能說自己總是正確的。當時，我就說：你這句話說得很好。

陸：是的，誰也不能說他自己總是百分之百正確。

胡：梁漱溟先生呢，從參加新中國的政治舞台頭一天起，是不大講我們的好話的。他有他自己的想法，每個人都有自己的想法，這不要緊嘛……！

陸：但是他老近來也講你們的好話了。

胡：他幾年之前就開始講我們的好話了，大概是四年以前吧，我記不很準。

陸：當然，這也是隨著形勢發展所起的客觀變化。

胡：儘管他不講我們的好話，也應該允許人家嘛。在有些事上，還未經過自己的腦子證實，他一時有些想不通，從而不大贊成。後來就把他給批了一下。談起豁達大度，我們的毛主席是第一位的，後來……

陸：後來就變樣了……

胡：可能我們的毛主席也有他自己的想法，國家事情這麼複雜，你卻那麼樣地瞎放炮，不大好吧！那一年大概是五五年吧，就給批了一下，現在看是批過頭了。

陸：大概是五三年，的確是批過頭了。在海外的人都認為梁老是很了不起的，稜稜風骨，他本人能夠站到共產黨這一邊，這事實本身對你們就是了不起的事情。

胡耀邦這樣出道的

胡總書記，我想把話題岔開一下，外邊都傳説：在延安時期，你曾直接在毛主席身邊也就是他的辦公室工作過一段時間，不知是……

胡：沒有。

陸：噢，那傳聞不確。

胡：我沒有直接在他身邊工作過。只是在中央蘇區，遠遠地望見過他們在工作。那是一九三三年，我被調到中央蘇區根據地時，還沒有直接接觸過。我第一次與他接觸還是在紅軍東征之後，就是一九三六年東渡回來後，他聽匯報，要了解在東渡後，地方工作開展的情況，當時，我是東渡一個組的組長。而在我工作的那個地區，就是石樓縣，籌糧、籌款、擴大紅軍等工作，都搞得比較好，他就要我匯報，當時一共有十二個工作組，他聽了我的詳細報告後，從此腦子裡就有了胡耀邦那麼一個印象了。

陸：哦，一九三六，你們才有了直接的接觸。你給他留下了深刻的印象，後來你就做了軍委的組織部長……

胡：後來就到抗大學習，一九三七年四月分，開始叫紅大，以後就叫抗日軍政大學，是第二期的第一隊，都是師以上的幹部，開始一百一十多人，第一隊是當時級別最高的。在抗大學習期間，我被選為支部書記。結業後，又參加了高級研究班，一共二十八個人，大概是一九三七年的七月間，邵式萍是班主任，我還是支部書記，毛主席就在我們這個高級研究班上講他的《實踐論》和《矛盾論》。

陸：非常感謝你，這一段可以解答人們對你經歷的一些誤解。由你自己來說明非常好。最近在海外，你知道，大家最擔心也是最關心的還是中共如何對待台灣的問題。自從中英雙方關於香港前途問題達成協議以後，顯然在中共中央看，是找到了一個解決問題的模式，即「一國兩制」。但在台灣當局呢，則認為是不能接受的，因為「一國兩制」本身，還是使它處於一個地方政府的地位。用現在美國的一位權威學者丘宏達教授的話來說，這樣做就會使台灣喪失國際人格。因為一個特別行政區就是一個地方政府。何況它的一切法律，全由北京的全國人大制訂。

中共如何對待台灣

胡：它現在就是一個地方政府。實質上也的確是一個地方政府嘛。

陸：但它根據法統自認為是一個中央政府。另外還有一點，目前還有二十三個國家承認它。

胡：即使這樣，它也代表不了大陸，實質它還是一個地方政府。當然，現在我們也代表不了它，所以承認它是個特區，這不是非常合理的嗎？你說的，國際什麼？……

陸：國際人格。

胡：要談國際人格，那應該搞大國際人格，不要搞小國際人格。要談國際人格應該是以整個中國，炎黃子孫著眼。這就是大國際人格。至於台灣的國際人格，那是小國際人格，是處在搖搖欲墜之中的國際人格。

陸：學術界的人士，看問題都喜歡找歷史根據，他們研究世界的歷史，發現不少國家的統一，都曾經歷漸進的方式。譬如德意志民族的統一，他們就是從邦聯而變成聯邦的，再拿美國來講，從一七七六年起到一七八九年，也經過了十三年的邦聯才形成聯邦。

胡：他們那時候，不論德、美，都沒有形成統一的國家嘛！大陸同台灣是不同的。老早就已經是一個國家的範圍了。而當年德意志的三十六個邦，都是一些分裂的政體，並沒有形成統一的國家。

陸：是的，它們是慢慢形成的。但台灣方面認為：中共這邊的權力，並沒有達到台灣，雖然一九四九年建國以後，聲稱轄區包括台灣在內。但政治上的權力，也還是沒有真正到他們那裡。

胡：現在全世界都承認大陸、台灣、香港都屬於一個中國。二次世界大戰以後，它是一個統一的中國。連美國人都説是一個中國，尼克松、卡特、列根都承認這一點。甚至蔣先生也説只能是一個中國嘛！就像一個大家庭有三個行。三行，我們是大行；二行是台灣；三行是香港。這個大家庭就是這麼一個中華人民共和國。我們大家都樹這個牌子。

陸：過去在國際圍棋協會，大陸原來用中華人民共和國，英文是「P. R. C.」而現在經過協商已不再用 P. R. C.而改用中國，即「China」。在你看來，今後是否有這種可能，即都用中國來取代中華人民共和國和中華民國，即用China來取代People's Republic of China和Republic of China呢？當然不是説現在，而是指將來的可能趨勢。

胡：中華人民共和國，是以人民為主體的。至於將來在憲法的具體條文上作某些修改，這是可以考慮的。

陸：那麼你的意思就是，像邦聯、國協這些形式是不會考慮的。

胡：不，不會考慮。這是通不過的。因為邦聯，實質上就是兩個中國，或一中一台。至於說對台灣採取特別行政區形式，我們可以做得比香港還要優待；所謂優待，就是台灣可以保持自己的地方部隊，幾十年都不變，是可以的。

陸：現在有人認為：在香港，有一個過渡期，而且又有五十年不變的保證。中共與台灣打交道，是否也可能有過渡期，和幾十年不變呢？

胡：過渡期，要看是個什麼樣的過渡期了。我們與香港的過渡期，是指從簽訂協議開始到一九九七年這一段時期。那麼，若果對台灣，可以假設從正式會談開始，到制訂出相應的條文為止，需一年、半年、兩三年，也可以把這叫過渡期。以後再搞個五十年不變，這是可以考慮的。但台灣的過渡期不能像香港這樣的在五十年不變之前，還有一個較長的過渡時期。

陸：呵！不會像香港那樣，還有十二年的過渡期。

胡：哎，因為香港原來的條約要到一九九七年才期滿嘛！在這過渡期內，要把一切交接的準備工作做好。

陸：台灣方面現在有這樣的輿論，海外也有相同的看法，即中共中央既表示要與台灣和解、友好，但同時又在國際上採取各種辦法來孤立打擊台灣，例如通知各國不要接受台灣的簽證，想把台灣趕出亞洲開發銀行等等，他們說這是一種趕盡殺絕的做法，是與表示友好協商的態度背道而馳的。

承認暫時沒有力量

胡：國際上有兩種輿論：一種就是我們只想著以台灣的蔣經國先生為談判對象，而台灣人民和其他黨派是不一定會服的；另一種則是蔣經國先生的部下所說的：你們一方面要和談，一方面又孤立我們。這兩種輿論都有，兩種輿論我們覺得都不大高明。

陸：中共中央一再表示要用和平方法解決台灣問題，為什麼不乾脆宣布不使用武力呢？

胡：這個不能夠。

陸：原因何在呢？

胡：這是因為如果我們承認了這個，那他們（指台灣當局）就更高枕無憂了，哈哈……

陸：啊！你的意思是，那他們就更加不來了。

胡：當然啦，國際上誰都知道我們暫時沒有力量，確實沒有力量……

陸：你非常坦率，這又是你了不起的地方。你沒有隱瞞真相，也沒有使用外交辭令，乾脆說「我們暫時沒有力量」。

胡：是的，這個暫時可能是四五年，也可能是七八年。我們把經濟搞上去了，力量自然就有了。軍事力量是要經濟力量作基礎的啊！

陸：一點不錯。

胡：打個譬方吧，再七八年、上十年，我們經濟上强大了，國防的現代化就有辦法了。台灣的廣大人民都要求回來，就是你那個少數人不願意回來，那對你就要帶點强制性了。

陸：不過有一點，總書記，你別見怪，根據我的了解，我曾到台灣去過，台灣的大多數人，他們還是不願意回來的……

胡：那倒是哦，但是我相信，一步一步會多起來的，説一天比一天多那是誇大；一年比一年多，大概是合乎實情的。

陸：前不久，鄧大人，我們在海外稱鄧小平先生為鄧大人。你看過《甲午風雲》沒有？……

胡：我看過……

陸：《甲午風雲》的鄧世昌，觀眾對他都很欣賞，而鄧小平先生的性格有些像鄧世昌，因此，大家喊他為鄧大人。

胡：國內也有這樣的喊法。

陸：國內喊，海外也喊。鄧大人前不久接見日本方面的朋友時曾提到：中共方面對台灣有封鎖的力量，雖然沒有……

胡：現在也還不夠。

陸：王震老先生三月間到美國走了一趟，他是你的瀏陽老鄉是吧？

胡：是的，不過他是北鄉的我是南鄉的。

陸：啊，那是南北呼應。

胡：也可能是南轅北轍。哈哈……

陸：他也提到這個問題，說是有封鎖的力量，據你看，目前也還不夠，那麼過些年以後，這種封鎖是否會實現呢？

胡：那要看情況了。我們有了封鎖力量，而台灣對統一又對抗得很厲害，那我們是要考慮的。

封鎖也就有反封鎖

陸：陶百川先生你知道吧？

胡：我知道。

陸：他是台灣名政論家，也是很有風骨的。今年四月一日在舊金山時，我去訪問他，他認為中共一旦封鎖，台灣一定會反封鎖，這就必然導致戰爭。這豈不是與中共的初衷相違背嗎？

胡：我們如果有能力封鎖的話，也就有對付反封鎖的辦法；我們有全勝的把握，才會採取這個步驟。這裏讓我講一個故事，就是一九四九年，當我們的百萬雄師下江南時，毛主席也是經過慎重考慮的，其中之一，就是如果美國出兵干涉怎麼辦？

陸：哦，當時就已經估計到美國干涉的可能性？

胡：哎！當時決定了！如果美國出兵干涉，也就同它幹！那時主力二野、三野以及四野的一部分，就集結長江一帶，當時，我們的部隊人數將近四百萬，我們以二百萬的部隊擺在那一帶，就準備在那裡同它幹！所以我們一朝採取封鎖的辦法的話，台灣，好辦；我們還要估計到外國。

陸：估計到外國插手。當然美國是可能插手的。如果美國人插手，按你的意思，你們還是有把握的。

胡：我們要有把握，才會幹這件事。

陸：這也就是說：一旦對台灣採取封鎖的辦法，你們到時就已經把美國干涉估計在內，而且有必勝的把握，對不對？

胡：不一定說是美國干涉吧。我們就說是外國吧。……

陸：好！我同意換個詞兒吧。一定尊重你的意見。另外，今年三月間，中國社會科學院美國研究所所長李慎之先生……

李慎之為什麼稱武力攻台

胡：是不是我們原在外交部的那位李慎之？（旁邊陪同的人答：原來在新華社的）呵，新華社的。我對我們各部門的工作人員的名字不一定了解清楚。

陸：是的。人太多了嘛！怎麼會全部都了解到呢！李慎之先生是美國研究所所長，三月間，在華盛頓近郊由美國大西洋委員會召開了一個會議，討論台灣問題，很重要的。很多美國研究中國的專家學者都出席了，因為有一位美國專家叫懷廷的，寫了一篇論文，文中對台灣稱為中華民國，即「Republic of China」，而不用台灣，所以李就拒絕與會。後來經過冀朝鑄、章文晋等的斡旋協調，最後是人不去，但寄去了論文。他在這篇論文中有一個重要的論點，引起了海外學者的重視。他說：一旦台灣發生內亂，中共將派兵平亂。那麼在這個問題上，是不是，在你們看來，台灣是會有發生內亂的可能？

胡：這我可說不準。若是談到某種可能的話，我認為是有可能的。比如在台灣一些贊成統一的，一些抵制統一的，甚至於發生了互相爭奪權力，雙方衝突之後，一方向我們求援，這種複雜的情況，隨時都可能發生。

陸：前天鄧大姐約我們當年在重慶南京採訪國共和談的小朋友，現在都已老了，那時我二十多歲，現在也已六十六歲了……

胡：哦，你六十六了，那比我小好幾歲！

陸：你是一九一五。

胡：一九一五的。

陸：我比你小三歲多，但是我的頭髮比你白得多。

胡：我的頭髮掉得多。

陸：你精神好得多！

胡：嗨……

陸：鄧大姐她說：在蔣經國死後，她判斷，在台灣即使不出現大亂，也會發生中亂或小亂。這是鄧大姐的估計。因之，李慎之先生的話，好像有意在國際上事先表明立場，似乎有這個味道。

胡：呵！

陸：過去中共中央一貫是反對美國干涉中國內政的……

反對干涉內政為何請列根幫忙

胡：我們現在也是反對的啊！

陸：但為什麼鄧大人又託英國女首相戴卓爾夫人帶信給美國總統列根，

希望他能盡力促成海峽兩岸的和解呢？

胡：這個意思我不很清楚。

陸：鄧大姐的意思，在台灣問題上，最大的障礙就是美國。

胡：就是，就是這樣的。

陸：啊，你也有同樣的想法？

胡：那就是我們一致的意見。在文革以前，其中有兩段，一前一後，在五〇年代初期和後期，要是沒有美國人對台灣的支持，撐腰，輸血，台灣問題本來是可以解決了的。後來文革那一段，又當作別論了。現在，台灣如果沒有美國的撐腰、輸血的話，也可能解決了。

陸：呵？

胡：所以，美國在中國統一、在台灣問題上的表現，是相當不友好的。

陸：你說到這一點，你別見怪啊！我覺得你們對台灣力量的估計似乎太低了一點。

胡：一點不低。

陸：你們的估計偏重於感性的東西。在感性方面比較多，而在理性方面呢，我們以為還不夠。也就是說，你們認為台灣是沒有什麼力量的，認為台灣主要靠美國；其實台灣還是很有力量的。

胡：我們有兩個充分估計，說三個也可以；第一，他們的軍隊還是蠻强大的。

陸：有六十萬訓練有素的軍隊。

胡：他們修的那些工事還是……

陸：從某種情況來說，還是銅牆鐵壁呢！

胡：唉，說那是銅牆鐵壁嗎，我倒不大同意……

陸：你是不會同意的，對於……

胡：他們是有相當强的力量。再加上渡海作戰，並不是那麼容易的啊！

陸：是的，台灣海峽又那麼寬。

胡：哎，總之，他們有一定的力量。加上現在在島上已經修成的工事，我們是清楚的。這次我們到南太平洋國家訪問，他們說：我們的海軍力量不行啊，可我們有天然的海軍力量，我們有這麼多的鯊魚。

陸：哈哈……

胡：所以在軍事力量上我們是不低估的。第二，在經濟上我們也不低估他的，五〇年代以後，確實……

陸：確實是起飛了。

胡：他經濟有一定的發展。

陸：全部外匯儲備來説，他們就比你們多，這是很實際的東西。

胡：這是由於我們自己犯錯誤了。如果我們不犯錯誤，情況就不同。當然啦，在經濟上他們的實力比較雄厚，台灣是個加工島，從國外進……

陸：對，從國外進原料。

胡：所以經濟上我們也是不低估他的。剛才說了，也可能有第三條。最主要的就是美國給他們的支持，這也是最大的一條。

陸：不過美國給他們的支持，並非白給；主要還是通過貿易往來。

胡：哎！美國在政治上給他的支持是很大的。

陸：那當然是很有力的。

八〇年代任務為何改成九〇年代

胡：所以說我們對他們在這兩個或三個問題上是不能低估的。

陸：很好！這樣就能冷靜地對待問題。

胡：但是呢，隨著時間的推移，他的許多東西，他們內部的矛盾，不管是政治也好，經濟也好，軍事也好，也是比較脆弱的啊！中國共產黨在這一點上，特別在軍事問題上，歷來都是非常謹慎的。毛主席的十大軍事原則的第一條就是……

陸：不打無準備之仗！

胡：不打無準備之仗，也不打無把握之仗。要打就必須有必勝的把握。所以，我們對台灣並沒有低估。

陸：鄧大人原來提出統一是八〇年代的三大任務。後來又提出是九〇年代的三大任務之一。這中間……

胡：是因為後來他考慮了一下，也就提為九〇年代的三大任務。

陸：那麼他最近又提出了這事不能一廂情願。是不是反映了中共中央在解決台灣問題的估計上認為難度加大了，因之在提法上有所改變呢？

胡：可能不是這個意思，因為他從來就認為和談應該是兩家來談的，一家談不起來。所以我們開始提由兩黨來談，是完全平等的談；和談嘛，就是雙方平等的談。不管怎麼個談法，任何時候總不能一廂情願就談得起來的，大概是這個意思。

陸：哦，是這個意思。現有這種情況，就台灣來說，是堅決拒絕和談的；就你們來說，又把統一定為必須完成的三大任務之一。要是真是這麼僵持下去的話，到最後，整個趨勢豈不只能是等到你們方面自認條件成熟了，採用武力解決嗎？

胡：最近幾年好像已經有了變化吧，有變化了。就是蔣經國先生，他自己的口氣，也與過去不同了。最近雖然還是拒絕和談，但他的大話沒有過去那麼多了。至於他周圍的人，我看這些年，有變化。究竟是誰我也說不清楚……。

何以說一九九一解決台灣問題

陸：是的，蔣經國先生曾表示，「有所變有所不變」，在海外我們也了解接觸到一些情況，對於變化也有所體會。但有一件事情，就是美國賓州大學政治學教授張旭成前年訪問過你，後來在《新聞周刊》發表了一篇文章，說當你們談到中國統一問題時，你曾經說要在一九九一年解決台灣問題。他曾問過你，為什麼要在一九九一年呢？他說是你說的：從馬關條約到開羅會議是四十八年；從開羅會議到一九九一又是四十八年。後來你又否認說，你沒有講過這個話。

胡：我沒有否認過啊！我在什麼地方否認過呢？我也沒有看過那樣的報導。

陸：你的意思是沒有否認過，那你確說過這句話？

胡：我也沒有說過這句話。我是說，我個人看……

陸：當然是個人看……

胡：我是說，如果八〇年代解決不了，那可以在九〇年代解決，我是這個意思。具體怎麼說的，我記不清楚了。

陸：張旭成教授說，當時林麗韞在座，由於她不懂開羅會議是一九四三，誤認為是指台灣光復的一九四五，插話說恐怕在一九四五吧？胡總書記就回答說：不，不，不，是一九四三。

胡：那你問過他嗎？

陸：問哪個？

胡：問林麗韞嘛！

陸：我沒有機會去問林麗韞了。

胡：哎，你可以去問她嘛！我這個人每天接觸的人很多……

陸：是的，很多。每天會見的人都要談，談話更多。

胡：我記不太清楚了，大體上的意思是說解決台灣問題，八〇年代如果沒希望，九〇年代是有希望的，也可能我提起過馬關條約。關於年代的問題，一個大事情，怎麼能像小說上寫的那麼樣，掐指一算。

陸：對，一點不錯；政治問題是不能像算命先生那樣對待的。

胡：毛主席在一九四七年一月分時，對於勝利的局勢，已經看出來了，當時遼瀋戰役打了之後，情況明朗化了，但他還說要大約五年左右的時間。現在台灣問題還不像那時那麼明朗，我怎麼可能說是在一九九一年解決呢？

陸：另外一個情況，對於台灣，除了葉帥的九條和鄧大人提的六點之外，有沒有什麼新的政策呢？

胡：後來不是講了可以更寬些嗎？台灣可以保有軍隊。

陸：這些都包括在他們的講話之內了。你個人曾經表示邀請十四人來大陸。

胡：但是一點反應也沒有啊！

陸：你知道：那張邀請的名單，似乎適宜於當時台灣的情況，而現在時移勢易，比如王昇將軍，已經去了巴拉圭；蔣彥士先生也下台了。所以，根據你們的情況會不會在你們建國四十周年時，再另發一個邀請，可不可能呢？

胡：你提醒我們，那我們可以考慮的呢！

陸：我這是臨時想起，順便一問。

胡：王昇先生在台灣也還沒有下台吧，你知道不知道？

陸：我只知道他已外放大使，不再任中常委。

胡：他可能在台灣還兼任了工作。

陸：那倒沒有聽說。只是最近又有傳言他可能再起。不過，台灣的高層人事，多出在蔣經國先生的一念之間，很難說的。

胡：哈……

陸：謝謝你坦率地全面地回答了我關於中國統一和如何對待台灣的問題。（稍停，陸飲茶，胡不停抽菸）。

陸：你在會見港澳記者時，曾經告訴大家，說是中央各部委及各省市人事變動將在六月底前完成，現在已經接近六月了，進展怎麼樣？遇到了什麼障礙？精簡機構是否繼續進行？是不是要大量裁減冗員？我到這裡來，參觀了《人民日報》，也看了新華社。

胡：你覺得我們的人多嗎？

陸：太多了！有些人浮於事。

胡：所以，我們還是非常歡迎海外的朋友針對我們的缺點向我們提出建議啊！

陸：所以我跟你講啊！在紐約我們有兩張報紙是日報，一個叫《華語快報》每周出七天，每天三大張；另一個叫《皇后日報》每天兩大張，此外還有一華語廣播電台，每天廿四小時播音。一起是兩報一台，你猜，全部工作人員是多少？我們一共才三十個全職工作人員。簡直叫人不能相信。你們的

《人民日報》一千九百多人，而新華社據說是五、六千人；這怎麼得了啊？

胡：有那麼多嗎？你登個報嘛，你在外面寫個消息，我們一個報社二千人的大鍋飯，走遍哪個國家和名山大川都難找。

陸：上窮碧落下黃泉，名山大川皆不見。

胡：哈哈……

陸：我們在香港辦了一個《百姓》雜誌，半月出一次，每次是六十四頁，而且每期有採訪專題，封面是彩色的，內頁也有套色版；一共才十二個人，包括我這個社長先生在內，平日要作深入報導，在出版的日子，一樣參加包紮、發寄刊物為幾千訂戶服務；有時還要做信差去送稿。海外報刊很多都是這樣幹的。

胡：你知不知道：我們毛主席曾經表揚過山西省的一個《晉綏日報》，編輯、發行、排版、寫標題，都是由一個人搞的。我年輕時候在抗大也辦過報，叫《思想戰線》，我也就是一個人。

陸：那你現在面對著這麼多人，這麼多機構，我覺得如果不搞精兵簡政，這個國家是承受不了的啊！這個包袱怎麼背啊？太大了嘛！而且只進不出。

胡：是啊，是啊，只進不出的大包袱。

陸：不過我要對你說，中新社在外面的反應不錯哦！這並不是因為今天我是他們兩位社長的客人，就故意說好。中新社的人不算多，報導卻比較活。

胡：他們的人也不少吧，有三百多，我剛才問過。

陸：許家屯先生曾親自對我說過：中新社要比新華社活得多。中新社的確比較活，但我覺得還不夠活。

胡：歡迎你向我們提建議。這個好嘛！

陸：但是放了炮了！哈哈……

胡：這個炮好嘛！是正義之聲嘛。

陸：那麼，照你的看法，在六月前將中央的人事安排好，是沒有問題的了？

胡：噢，不是中央的人事安排，中央人事要到今年九月中黨代表會議上決定。我指的是各部各省的人事，我可以給你一個數字，是一百零七個單位加上二十九個省市，合起來是一百三十六個單位，由中央管的，不算軍隊。在六月三十日前可以提前完成。現在絕大部分已經調整好了。有的報上也見了嘛，有的正在緊張進行，連上海也都換了嘛，上海市的書記、市長都換了。

陸：是不是江澤涵？

胡：是江澤民，他是當市長的。

陸：還有一個叫芮杏文，去不去？

胡：芮杏文，去，當然去，是市委書記。通知已經下了。上海市舊的書記要出一下國，看一下，芮杏文也出國了吧？

陸：啊，出國去看看有好處。

胡：他們要到五月底才能交接，人是已經談妥了。河北也搞好了嘛。

毛致用繼續主湖南

陸：那我們雲南呢？

胡：雲南早已經好了。

陸：是誰做雲南的第一把手？

胡：是普朝柱。

陸：普朝柱我曉得，原來的玉溪地委書記。他做省委書記，那省長呢？

胡：省長也換了。

陸：哦，都差不多了，那湖南的毛致用呢？

胡：留著，要用。

陸：真的？是不是為了表示你們的寬大，對「凡是派」的人有所容忍呢？

胡：他不能算是「凡是派」的人……

陸：怎麼不是呢？誰都知道，他是華國鋒一手提拔的。

胡：不是，不是，不是。推薦他主持湖南工作的人是張平化同志，當時我當中央組織部長，華國鋒同志也是同意的。他是個年輕人嘛，不過現在也已經五十一、二歲了，而且是從基層上來的。

陸：我知道從茅田上來的。

胡：這個人不像有些人說的那麼……

陸：並不是那麼僵化的。

胡：有些同志啊，沒有作過調查研究。

陸：但是湖南現在的局面是，事實上由第二把手當家，是不是？

胡：不是，還是他。事實上任何一個人都有這樣那樣的錯誤。

陸：這倒是的。

胡：毛致用這個同志，後來經組織部門、書記處的同志們反覆考慮，還是認為；年輕同志，不要輕易地把他拉下來。

陸：是的。好不容易上來。

胡：我們現在著重注意的是六十歲以下的，在崗位上搞了很多年，又沒有什麼嚴重的錯誤，就不要隨便地動了。中心問題是：第一看年齡，是不是老態龍鍾了？第二再看他的知識水平。這個人（指毛致用）的知識水平還是夠用的，又做過多年農村工作。至於在粉碎「四人幫」之後，有這樣那樣的認識問題，思想跟不上了，這樣的人多啦。像華國鋒同志，沒有事，好好的，你知道不知道？

陸：我知道。他好好的，香港有的傳說他曾經自殺，事實上他還上天安門。北京市長陳希同訪問紐約時曾跟我說：香港有消息說他要自殺，他不是好好的嗎！你可以發個消息，那是造謠。

胡：我們的工資改革前他的物質待遇比我還要高。

陸：是的，他是三級，你是五級，他領得比你多。

胡：你很了解情況嘛！

陸：那裡，記者嘛！眼觀四面，耳聽八方。聽說你們最近也改了嗎，鄧大人的三級也要加點錢了吧？

胡：可能我們加得不多，可以加至五百元。

陸：那麼你現在領多少？

胡：我現在拿三百四十六元。

軍方第三梯隊的人物

陸：你領得不是太少了嗎？

胡：還是可以的了，比如出國做衣服，要做這套西裝（用手指身上穿的全毛灰色西裝），我個人做得起嗎？

陸：那是，國家替你做了。

胡：我們出國都要做衣服的嘛！

陸：是的，看起來多少都要調整一下工資的了，不過我覺得在大陸上，小學教師，他們的待遇太低了，太可憐了！

胡：是太低了。

陸：在美國，小學教師的待遇，有的比大學教授的還要高，你們呢，正好是反其道而行之！

胡：不，不，我最近看了一本書，是法國的一個記者寫的，書名叫《多多益善》，副標題是：法國社會生活剪影。他寫了他們社會生活的內幕，你領多少工資，他領多少，等等情況，約二、三十萬字，書是不值得看的，裡面的材料還是不少的……

陸：我是說美國。

胡：法國與美國差不多的吧！

陸：不，我說的是美國的小學教師，他們的待遇是相當好的，因之覺得中國大陸在這方面應該特別加强，這是基礎的基礎嘛！

胡：你五年之後再來看看，我們的工資就會同現在的不同了。五年之內，我不敢說，但五年之後我敢說，一年總要增加一些，增加至九〇年代初，就會好得多了。

陸：不過，像你說的：清水衙門，希望多多注意他們……

胡：對，對！這個意見對，我和小平同志都說過好多次了。關於知識分子待遇的問題，要去好好的注意一下。

陸：特別是清水衙門，要特別注意一下。正如你所說的，第三梯隊的人，如李鵬、田紀雲、王兆國、喬石、郝建秀啦……

胡：你怎麼不提胡啓立？

陸：當然，他是第一個。大家就是不大知道在軍事方面的第三梯隊的人，他們……

胡：有了，最近我們提了好幾個人。

陸：都是誰？這是很重要的。能講給我聽一聽嗎？

胡：副參謀長提了兩個……

陸：他們都叫什麼？

胡：哦，名字嗎，何其宗是一個。他是四川人，四十九歲。還有一個姓徐。

陸：徐信？

胡：徐信是原來的。

陪同官員插話：另一個原來是遼寧軍區三十七軍軍長……

（記者按：何其宗原在昆明軍區，懲越戰爭中，在楊得志指揮下，立下戰功。另一副總參謀長後打聽出叫徐惠滋，爲李德生部屬。）

擁兵自衛絕不可能

陸：說到遼寧，我有一點感想，就是你批評過的：海外對大陸有許多瞎估計，亂猜測，不著邊際。但有些事情，也並非空穴來風。比如李德生的問題，在海外始終都認為他是一個「拔不掉的釘子」。王震先生在美國時，答覆這個問題時說：只是他的年齡還未到限，至於他本人在文化大革命中有什麼錯誤，還不是照樣要檢查。我也親自向張愛萍將軍問起過這件事，他說：根本不存在「拔不掉」的問題，任何人都調得動。他說：我是國防部長，只要需要隨時都可以換掉的。我說：那李德生起碼要檢討他在文革中的錯誤吧？他說：那當然了。

胡：其實，也沒有什麼大錯誤。

陸：不過究竟是什麼道理呢，十大軍區的司令員九個都換了，唯獨就是他留在位子上動不了。

胡：不，我們不是換了好幾個嗎？

陸：是啊，其他的都換了，就是李德生沒有動，瀋陽軍區沒有動。

胡：他是政治局委員哩！

陸：外面認為對他搬不動啊！

胡：不是，不是。愛萍同志說的是真話，不是假話。

陸：是的，他說不存在換不動這個問題。不過李德生，總使人感到與眾不同。

胡：我們現在軍隊的幹部，要擁兵自衛啊是絕不可能的。

陸：是的，看來不可能發生這樣的事情。

胡：怎麼會像蔣委員長那樣，要撤張學良的職都撤不動；撤龍雲的職，也撤不動。現在我們是絕對不會有這樣的事情的。

陸：說一點海外的反應，請你千萬別見怪，外面就擔心，鄧大人一旦去見了馬克思，可能就會有些軍頭，想要坐大，我們的胡總書記，就不一定能指揮得那麼靈便了！

胡：這話不可靠！

陸：正因不可靠，所以要問你。

胡：有兩條：第一條，我們希望小平同志能……

陸：能多活幾年。

胡：畢竟他的智慧經驗比我們多一些。人嘛，自然規律都違反不了的。今天，中國的局面好的標誌在哪裡呢？這就是我們恢復了黨內的正常生活。

陸：黨內正常的民主生活……

胡：哎，這個東西啊，是很重要的，我們個人的智慧畢竟有限，一個歷史唯物主義者，不能把自己的作用，看得過重了。

陸：這是對的。

軍隊歷來論資排輩

胡：所以，我們恢復了黨內正常的民主集中制，只要我們堅持這種正常的黨內民主生活，我們的國家今後幾十年都不會動亂，有如磐石之安。

陸：外面有一種想法；現在讓鄧大人做軍委主席，很明顯的，是因為他的權威比較高，就如你所說：他的智慧是高的，他的經驗也是比較豐富的，大家對他都是心悅誠服的。那為什麼不乘他健康的時候，就乾脆把軍委的工作讓你接過來，由你做軍委主席，不是更好嗎，局面不就更穩定了嗎？我不是要干涉你們的內政……

胡：我不會有這個誤會的。

陸：對對，我是從整個局面考慮。對馬列主義、毛澤東思想是不敢領教的。但作為一個中國人，希望大陸和台灣都不要發生動亂。看，這不是更穩定了嗎，你們看胡耀邦做了軍委主席了，鄧大人又健在，他也仍在上面做出正確的決策，即使萬一發生了他提前去見馬克思，政局仍然是非常穩定的。為什麼一定要到他去見馬克思的那一天，你閣下才來做呢？

胡：我們倒沒有想到這個問題，我們想的是小平同志健康。

陸：大陸的老百姓普遍希望他長壽。

胡：是啊，我們考慮的重點，也許就是他替我們考慮的，一個胡耀邦、一個趙紫陽，現在忙於黨內問題，忙於經濟問題，至於軍內的事，歷來都有論資排輩的習慣，由小平同志掌握，他一句話就行了，我們要說五句話；我們五句話也靈，不是不靈，但他只要一句。又不需要花他太大的時間和精力，也可以節省我們的時間。目前國內的政局，具體的事情，幾位老人家已經不管了，具體事情都是我們書記處和國務院做。

陸：是的，我知道，你們為了保護他們的健康，連見客都讓他們少見。我們了解這個情況。

胡：我們兩個人（指他和趙紫陽）事情比較多，也的確比較忙。而老實說，現在軍隊的事情並不很多，又不打仗，邊境上有點事，也不十分嚴重，不管是南是北，都比較平靜。但照顧到軍內歷來的論資排輩習慣，就讓他兼任了。既好辦事，又不花很大的精力，又使我們這些人可以忙於當務之急。

陸：噢，噢，把你們手上的事情都清理好了，再來考慮第二步的事。不過這裡還有一個問題，是關於大元帥的，我們從海外來觀察，最好不要再設了。因為從長遠來看，這是很難以為繼啊！因為一旦鄧大人去見馬克思，你再讓哪個當大元帥呢？而且另外四個老帥也還在，再設元帥、大元帥，那很麻煩嘛！

元帥不設、大將也不設

胡：你還沒有知道我們更多的內幕呵！元帥不設，連大將也都不設。

陸：那好。

胡：沒有戰功，搞什麼大將、元帥呢？大將、元帥是要有戰功的，光有資格是不行的。

陸：那麼看來在十月，是可以把軍隊的軍銜和軍階恢復了？在紐約，張愛萍將軍曾對我說過：去年來不及，希望今年能來得及。

胡：他是說希望。看來不可能，今年也來不及了，我們先搞服裝。

陸：你的看法，今年也來不及了。但是，今後一定要恢復的？

胡：要恢復，因為便於管理，便於論功行賞。

陸：關於清除「三種人」，在你們黨內究竟已經清除了多少？預計將會被清除多少？

胡：清除的人數，好像上次我講過大約三千多。

陸：你講過總數約五千多。

胡：我講過五千多？我看，最終也過不了一萬。這是我的估計。現在來說，受過各種處分的，定性為「三種人」的，並不太多。實際上，清理「三種人」與整黨的步驟不是一碼事。因為自從中央提出清理「三種人」後，各地都在那裡做，所以已經定性了的是幾千人。

陸：這沒有關係，我還可以向王社長他們查對核實一下。

胡：通過整黨以及清除「三種人」全盤估計，現在總數四萬人也到不了。若有四萬，也就占黨員人數的千分之一了。

陸：二萬人就是千分之零點五。

胡：二萬人是可能的。再加上一些嚴重的違法亂紀的人，恐怕要……我記得自從打擊刑事犯罪和經濟犯罪以來，我們黨內受刑事處分和黨紀處分的也已有了二、三萬人了吧。

陸：現在有一個情況比較嚴重，即高幹子弟，以權謀私的情況嚴重存在。

胡：有，是有的。

陸：那怎麼辦呢？

胡：我們下決定啦，應該抓的就抓嘛，前些日子，你知道吧？朱總司令的……

陸：我知道。朱老總的一個孫子被槍斃了。但在最近，你們有什麼大案嗎？一般人常說你們是只打蒼蠅不打老虎。

胡：有這個話嗎？

陸：最近你們有沒有打老虎？

胡：銀行行長姓金的，不是被撤了職嘛。昨天（五月九日）下午討論了一個決定：嚴厲禁止高幹子弟經商及合伙來搞企業。用中央的名義發個通知。這個文件再修改一下，就發出了。

陸：噢，已經有了這一個決定？這很重要。就有許多高幹子弟利用父母親的關係、條件和便利大發其財，結果弄得影響很壞。

胡：不過這個問題，我們要比蔣先生好得多了吧？

陸：這一點我承認，至少你們沒有孔宋家族。

胡：我們要比西方國家也好得多嗎？

效率太低、左毒太深

陸：不過有一點，你們的官僚主義……

胡：我們的效率太低了，這個我們承認，但是在統治集團內部那些黑暗的事情，我們要比資本主義國家少得多了。

陸：在前一段時期內，由於左毒太深，對知識分子的政策落實，到現在還不是那麼好吧？

胡：我都發了兩回脾氣了。你不知道吧？

陸：不知道。是不是你最近又發了一次，具體是什麼回事呢？

胡：我說：「你們不辦事！」

陸：是嗎？下面有這樣的話：「你有你的政策，我有我的對策。」他就是給你頂住，這也不得了呵！這不行嘛！

胡：現在已漸漸在好轉，在繼續好轉之中，只是好轉的步伐太慢了些。

陸：現在知識分子不得充分發揮所長的問題很嚴重，還有許多人在歧視、打擊知識分子，特別是一些工農出身的幹部，他們在感情上扭不過來，他們認為：我們在南征北戰的時候，你們還不知在哪兒呢？現在居然指揮起我來了，你算個什麼東西，像這樣的心態是存在的。

胡：這種樣子的情況，現在也大為減少了。

陸：另外一點關係到政策，大家認為：在經濟改革上，陳雲老先生是反對鄧大人的改革的政策。

胡：這不是事實。

陸：我也不相信。但人們是這樣說的：陳雲、彭真、王震是反對鄧大人的。我為此寫了一篇文章，題目是：「王震與鄧小平的關係」，我就說王震一直是站在鄧小平這一邊，主張改革的。就今年王震與鄧小平一起到深圳去視察，這一事實本身，就足以說明問題了，而且，當年毛毛到達北京的時候，是王震把他接到家裡去的。（編按：毛毛是鄧小平女兒。）

胡：是的，不是有一篇文章談到過嗎？

陸：有，我看到過，《在江西的日子裡》，另外鄧樸方的殘疾人基金會，也是王震支持的。我說：並不是王震有愛於鄧小平和鄧小平一家，而是王震與鄧小平在政治上觀點一致，因之說王震反對鄧小平，可列為「胡說八道」。不過，陳雲先生的「鳥籠經濟」的主張，按照他老人家的觀點，恐怕是感覺到你們改革的步伐邁得太快了些吧？

胡：我們的陳雲同志，在全黨是很受尊敬的，這位老同志，不僅在經濟問題上，也在黨的問題上，都有很多的經驗。這兩年他的身體不好，精力差了些，小平同志在經濟問題上是很尊重他的意見的，撥亂反正以來，他曾經提出過很多了不起的見解。

陸：像說：「毛主席也是人不是神。」這一觀點就是他首先提出來的，這很了不起。

胡：所以外面的這些傳說是不確的。

鄧力群是「見光活」

陸：不過外面有個說法，我講個故事給你聽，輕鬆一下。台灣社會上有這樣的傳說：每當蔣經國要任用什麼人的時候，一旦報刊上給披露了，那他就會生氣，非得臨時另換一個人不可；比如他原定張三當某某部長，只要報上一發表，那他非改為李四不可。他想，我怎麼能聽報紙指揮啊！因之，台灣社會上有句話，叫「見光死」。所以每次醞釀人事變動的時候，那些官兒們都緊張得不得了，對記者們說：請你們千萬不能發表，一發表就完了，幫幫忙。

胡：哈哈……

陸：但是現在人們對你們也有這個說法，叫「見光活」；就是鄧力群的事，大家認為他是非常保守的，我們且不說他是什麼派。像鄧力群這樣保守的人，你們已經打算換他了，而當外面一宣傳：中共中央打算換掉鄧力群的宣傳部長了，甚至「美國之音」也廣播了，結果你胡耀邦反而不換了。這就叫「見光活」。當然也有人說：王震是鄧力群的後台等等，而王震在美國說：人家還說鄧力群是替我搖鵝毛扇的，我怎麼敢當啊！鄧力群這位先生，當時你們確實是打算換掉他的，外面這樣一講，你們就不換了。現在是否又有意思要換了？不過，我保證，不讓他再「見光活」了。哈哈……

胡：這不是事實。第一，他年紀的確不小了，比我還大一歲，是一九一四年的。這個人是很有才華的，文化大革命中表現也是很好的。其次，我們整個思想工作，有一個缺陷，也不是他個人的問題。現在把一條戰線上，某一方面工作的缺點，錯誤，都歸罪於一個人，是不公道的。思想工作上的缺點，就是從實際出發不夠，其他戰線上也一樣。我們不是提倡要研究……

陸：研究新情況，解決新問題。

胡：這幾年思想戰線上，如何研究新情況，解決新問題是不夠的。過去幾十年，一講就是階段鬥爭，現在說什麼東西都離不開經濟。要把我們的思想工作，滲透到經濟工作裡去。那麼我們不少同志，包括力群同志在內，都有這個缺陷。要說只有他一個有，其他的人都是一乾二淨，這個不公道。

陸：我再給你加一個人——胡喬木，他發表過一篇關於人道主義的洋洋大觀的論文，到現在為止，國內沒有一張報紙，也沒有一篇文章，敢於對他那篇東西說個不字。沒有啊！連討論的餘地都沒有。過去，周揚被稱為「文藝沙皇」，看起來現在這頂「沙皇」的帽子已轉移到胡喬木的頭上去了。

胡：這也同實際有很大的出入。

陸：有出入？啊？

胡：胡喬木同志，毛主席發現他是遠在一九三五年的啊！

陸：知道，我知道，在延安時期的記者，都是由他訓練的，在他的影響之下出道的。

胡：他讀的書比我多，比我們黨內的許多同志也都讀得多。
陸：但是有個情況，他一旦做官做大了，他的思想就變了。
胡：這個事……

不能迷信胡喬木

陸：你聽我舉個例子，我不是亂說。胡喬木原來主張要按經濟規律辦事，這很對嘛。
胡：這篇文章寫得不錯的。
陸：是啊，這很對。但後來，連王若水的文章，也都不能見容於他，這太令人遺憾了嘛！王若水是你們的寶啊，胡總書記，真的。
胡：王若水同志也還有他的缺點的，你不能把他說成是十全十美的……
陸：那當然啦！白璧還有瑕嘛！
胡：人都不能十全十美的，喬木同志書是讀得比較多；寫文章，一些概念的東西，他是比較準確的；我有許多東西，在最後發表時，還要經過他看看呢！

陸：你千萬不能迷信他，他的教條框框比你多得多啦！

胡：那不至於。他現在年紀不小了，七十二、三了吧，身體有點不大好，如果說他還有缺點的話，那就是他長期在毛主席身邊工作，下去的時間不夠，對經濟問題的研究，了解得也不夠，我自己也是很不夠的呵！

陸：是的，他是有些脱離了群衆。另外還有一點，他在文化大革命的表現也不很好，特別是批鄧運動中表現得很不好啊！

胡：哈哈……你們的了解很細緻的嘛，哈哈……說了些言不由衷的話。

陸：不可以嗎！你既然是有水平，有學問的人，怎麼可以呢？像你胡耀邦，當時就是堅持你的立場，你的觀點啊！所以大家佩服就是佩服你這一點啊！

胡：我不也檢討了……

陸：但是你並沒有批鄧嘛！這跟他就有本質上的區別。好了，現在我再為你報個憂：國際上對你的形象，一直都認為你非常開明，豁達，而且從來不搞陰謀詭計，什麼事情都是通明透亮，這是很了不起的。

胡：哎，哪裡……

陸：你現在是中國的第一把手了。

胡：掌舵的還是我們的小平同志。

陸：那當然啦！過去許多人，到了你現在這種地位的話，都要把自己弄成神乎其聖的樣子，而你始終是那麼平易近人，這些都是好的。但是現在呢？在你發表了《黨的新聞工作》的講話之後，就受到了很大的損失！保守的言論與開明的形象是背道而馳的。海外的反應普遍不好，包括陸鏗在內，因此就有這樣一個說法：黨內的一些保守分子，我們不說派吧，他們是故意整你。第一次出國，就有個白樺事件；第二次出國，又搞了清除精神污染；第三次，你前腳跨進澳大利亞，後腳就發表了這個東西！

胡：這也是我同意發表的嘛！

陸：是你同意發表的，但在時機上很不恰當啊！請想，胡這麼開明的人怎麼會發表這樣保守的文章呢？

胡：我的開明，也不能喪失原則啊！

新聞講話非常保守

陸：當然不能喪失原則，但這不是一個喪失原則的問題吧，你的這篇講話，是對黨內的，黨內的講話，在黨內傳閱就行了吧，為什麼要弄到黨外來呢？我是側面聽説的，我的消息比較靈通，但有時也是道聽塗説，我聽説胡喬木主張發表這篇東西的。假如是這樣，那就太不應該了，這就是陰謀詭計。當然這話很不對啦。

我是這樣感覺的，這樣想，也就這樣説。為什麼呢？這篇講話是對黨內的，但現在外面呢，香港美國都在説：胡耀邦是反對新聞自由、反對辦民間報的。我這次從紐約到這裡，飛機上一共飛了二十多個小時，什麼事都沒有幹，就是專心攻讀你的這篇文章，一共讀了三遍，而且還做筆記，詳細研究。我是以這樣一種心情，能不能在尊文中找到一線生機，就是不願意讓廣大新聞界人士，都覺得你胡耀邦關於新聞的主張是這麼樣的保守啊！

胡：真這麼保守嗎？

陸：是啊，非常保守啊！首先你反對民間辦報，但我想你反對的民間報不是指在整個國家範圍內辦民間報，而是指在黨內的人，黨員當然是不能辦民間報的了。

胡：我指的是當前的一些現象，我是指出了當前社會上的有些小報，內容不健康。

陸：是啊，我認為真正的健康的民間小報，不一定是不准辦的。隨著形勢的發展，在我的體會，我告訴你，我原來有個想法，我現在已六十六歲了，別無所求，唯一的願望就是到了七十歲那一年，還有四年，我想回國，重新找找過去新聞界的許多老朋友，共同辦一張以十億讀者為對象的報紙，傳達百姓的聲音。有這個願望。他們說，這一下你吹掉了，胡總書記首先就表了態。我說：不然，絕對不然！我詳細研究，在飛機上花了二十多個小時，最後的結論是：你並沒有說過絕對不准的話。

胡：這有個實際情況。有歷史的問題，也有實際的問題，我給你說一下，一九五九年，廬山會議上《人民日報》寫了個檢討，沒有發表，你知道嗎？

陸：是的。

胡：當時少奇同志說：大躍進我們犯了錯誤，中央要負百分之五十的責任，《人民日報》要負百分之五十的責任。那個浮誇風，搞大躍進，如果當時沒有《人民日報》的同志瞎吹一氣，我們大躍進的錯誤，就不會有後來的那麼大！什麼「人有多大膽，地有多大產」啦，放衛星啦，這些哪裡是毛主席先講出來的，哪裡是少奇同志先講出來的啊！都是報紙先吹出來的嘛！這多少年以來，不僅在各級領導幹部中，包括很多群衆，對我們報紙上發表這樣那樣的錯誤言論很有意見。

陸：意見一大堆。

胡：是我們的《光明日報》吧，登了一個南京博物院的人一條消息，迫得這個人自殺了。

陸：知道，我曉得這個事件。

胡：這不是報紙亂搞嗎？我講話之後，我們的黨報比較嚴肅認真了！

陸：嚴肅認真是好的。

胡：我的這篇講話，是起了好作用，還是壞作用呢？這是要經過實踐檢驗的。

應照憲法訂新聞法

陸：不過海外的反應普遍不好，比如說：二八開的問題，就不夠實事求是。要是按實事求是的原則辦，你就不能說二八開，該好的就報好，該差的就報差嘛！

胡：我是指整個的畫面來講的，所以我那個講話，是在二月八日，到四月間才發表，當時就有一部分同志，約百分之十的同志不贊成，所以就壓了一下。後來，有些同志不僅僅是喬木同志說：發表吧！我說發就發吧！所以就發了。實際上，我的這篇講話，大多數同志贊成，而且經過實踐檢驗。

陸：就黨報來說是可以這樣要求的。但就整個國家來說，似乎還需要考慮，比如言論自由的渠道從何處得到表現呢？因此，現在就產生了一個問題，胡績偉先生在制訂新聞法，那麼這個新聞法，是按照憲法精神、按照報紙的經營規律來制訂呢？抑或是按照胡耀邦總書記的講話來制訂呢？就面臨這樣一個問題了嘛。

胡：那當然按照憲法嘛！

陸：那好，那好，這還是說明了你的開明。

胡：但是我感到我的這篇講話，能夠站得住腳。

陸：你從共產黨的角度，你是完全對的。是應該的。當然，我是個獨立人士，要我是共產黨員的話，也還是要聽的。但從整個國家來看，就不對了！

胡：自從我講了這篇話，我們許多黨報的同志辦報更認真嚴肅了。

陸：是的，但是你曉得，他們同樣也都感到有一種無形的壓力存在著啊，是不是呢？因為現在要開放啊，那言論還是應該開放的。

胡：談到壓力嘛，對誰都存在的。陸先生，你我都已年過花甲之年，人們都在鞭策我們，我胡耀邦也好，你陸鏗也好，不為祖國人民辦好事不行啊！這不就是個壓力嗎？

陸：我同意。

胡：我們的效率不高，官僚主義，愚昧無知啊，這些方面你們這兩年反而不講了……

陸：現在的情況就是：胡績偉先生正在廣泛收集意見，準備制訂新聞法，你不是給他穿小鞋嗎？因為制訂新聞法的目的是為了提倡新聞自由，促進和保護新聞自由，而不能是限制新聞自由的。

胡：搞新聞，按我們的說法，是應該符合國家利益，和人民利益，這是最高標準。

陸：對，對。

胡：要是你搞新聞對國家不負責任，對人民不負責任，那還行嗎？

陸：但是你要曉得，毛主席就是吃了言論一律的虧。因為一個政府，一個黨，如果沒有輿論的監督，是很危險的！胡總書記，這是我非常真誠地對你講的，要是你現在完全按照黨的一個聲音講話，就沒有輿論的監督了。

胡：那現在《人民日報》不完全是一個聲音吧。

應該有別的聲音吧

陸：但是，你為什麼不可以再有些別的聲音呢？

胡：可以，可以，為什麼不可以呢？

陸：啊，可以！那我心中要好過得多了。那麼我跟你講啊，你有一個很好的東西，就是廣交朋友的政策，歡迎大家來看看，了解了解情況，聽聽不同的意見！比如陳若曦女士，就非常受感動，你不是帶信給她嗎，說她還是不錯的，她不是來了嗎？來之前，我在電話中跟她交談過，她很高興。

胡：她不是剛走嗎？

陸：是的，你也接見了她，報上都登了。

胡：同她談話就是有一條，我沒有校對過。她的《文革雜憶》上，那個中篇，書上肯定她的孩子死了……

陸：那不對的，那是錯的……

胡：她自己寫的麼，書上有這個嘛。

陸：那可能不是的，是說別人的……

胡：不，那本書《文革雜憶》，是她自傳體的小說吧。

陸：那可能不是說她自己，這一點她親自跟我講的，那是一個誤會。不過，這無關大局……

胡：那天我沒有問她，我是把她的這個中篇看作是自傳體小說。

陸：我覺得現在說新聞自由，我是從整個國家的情況說的，倒不是為我自己說，當然，我也希望將來到七十歲能回來辦報，這事到時再由你們來批准還來得及……

胡：有希望！有希望！

陸：啊，有希望。謝謝，但現在，希望你在新聞方面，要讓國內的朋友廣開言路，給他們網開一面，不能卡得太死了。這樣的話，你不知道海外反應之强烈啊！你絕對沒有想到的。可能他們搞參考資料的，怕你會不高興，而沒有把這些搞出來。海外是一片反對聲啦！總書記，你恐怕沒有看到吧！所以在這個問題上……

胡：哈哈……在澳大利亞有個朋友問過我，我就說你仔細看了一下沒有（指胡的《關於黨的新聞工作》的講話）？

陸：是的，我是仔細看了的，所以後來就得出了這樣的結論！你是對共產黨內說的，對黨內是完全可以說，但對黨外，整個國家來說，是會有另外的說法的。不能拿它作為九百六十多萬平方公里土地上的唯一標準，就這一個，不是的。因為你說過：「人民政協報，各民主黨派的報，科技報，專業報，總不能說是黨的喉舌嘛。」這是你講過的話，所以你也認為喉舌還有很多個。

胡：你這次回國一定有些觀察。前些年回來過嗎？

陸：八二年廖公請我來過一次。

胡：你的感覺如何呢？我反過來調查問問你嘛。

陸：今天早上到過北京附近的順義縣，我實地下農村作了調查，覺得很不錯。

胡：除順義你到別的省分去過嗎？上海去過沒有？

陸：我要去的，十三日去上海，還要去武漢，去襄樊。

胡：你為什麼不到蘇州、無錫那邊去看看呢？上海不一定……上海的進展不一定……

陸：是的，我知道，上海是貢獻大，負擔重，變化很小，城市面貌落後。

胡：你對上海的評價還公道。我建議你去蘇州、無錫去看看，搞個一天也好嘛。

陸：好的。蘇州無錫各去一天就行了，上海四天縮短兩天，就照你的意思辦。

胡：那蘇州和無錫的面貌變化要比順義恐怕多出一倍。

陸：今天非常感謝你，你這麼忙，還要工作，也應休息，實在不敢再占用你的寶貴時間了。（準備告辭）……

胡：沒關係嘛，再談談；你深圳去過嗎？

陸：去過了。

胡：珠海呢？

陸：還沒有去過。

胡：我覺得珠海，在某些方面並不落後於深圳。

陸：在深圳我也聽說過這一點。

胡：還有山東。

陸：是，如果抽得出時間，我想明後年再來看看。

胡：你自己定。但是也還有比順義落後的地方，多的是。

陸：今天在順義，我特別問他們一個問題：有沒有假大空，有沒有虛浮的事，浮誇的東西？而且我也親自去看了一些小伙子們正在很好地蓋房子，從他們的那副神氣，可以看得出來。不是自吹，我是個老記者，一看就知道，的確是真傢伙，搞得很不錯。但有些東西還是比較落後，房子修得好，但沒有廁所，那怎麼行呢？當時我就向他們提了個意見。

胡：有廁所就得要抽水馬桶哦，他們那裡還沒有自來水吧？

陸：是的，還沒有，上水道與下水道，兩個水道是不通的，而在國外，造房子首先要解決的是供水供電的問題。

胡：他們沒有自來水，怎麼修廁所呢？所以也只能搞個土辦法了。

（中新社王孚慶先生插話：他們那個大隊叫白各庄大隊，現已蓋了不少新房子，隊長家才二個人，樓上樓下就蓋了一百八十平方米，非常寬敞。）

胡：二個人嗎，那不是每人九十個平方米了嗎？

陸：是啊。

王：但是覺得有點大而不當。

陸：這實際上也是一種浪費。

王：前不久，他們隊採用隊上的錢，給每戶人家買了雙缸洗衣機，洗衣機很不錯的，但是沒有自來水，又怎麼用呢？

胡：所以還是有點搞表面的東西。你們給提出了嗎？提了恐怕也不一定會聽的。

陸：提了。

胡：所以我們就是需要實事求是的人來辦事，也要藉著外來的實事求是的人來解決我們工作的缺點，我們實際上工作中的這些缺點，一大堆，一火車也裝不了。

王若水與王若火

陸：胡總書記，我十三號早上離開，是不是在離開之前，能有機會與王若水先生見個面呢？

胡：可以嘛，怎麼不可以呢？

陸：我是想跟你談一下，由你們安排一下。

胡：哎！有什麼不可以呢？不要說王若水，就是王若火也可以嘛！

陸：哈哈……因為我覺得有點敏感。

胡：怎麼不可以呢？他還是我們的同志嘛！

陸：是啊，他的確是你們的寶啊！

胡：可以，可以。

陸：對，總書記同意一下，就更好了，至少王若水本人就沒有什麼包袱了。

胡：我們決定，對所謂「反黨反社會主義分子」這種提法，今後再也不用了！你聽說過了嗎？

陸：啊，不知道，這是第一次聽到。我本人原來就是個反黨反社會主義分子。

胡：我不是說過了嗎，這使你吃了苦頭了嘛。這是個政治概念，他犯了刑法，就按刑法處理，就是犯罪分子。戴什麼政治帽子呢？

陸：是的，這很好。

胡：什麼右派啊等等，今後都不用這些東西了。

陸：我告訴你啦，我來之前，有的朋友警告我說：胡耀邦最反對人家談人權，說是什麼都可以跟他談，千萬不能談人權，他會發脾氣的！我說不要緊的，記者嘛，百無禁忌。

胡：這又是哪裡的話？

陸：因為外面對魏京生這件事還是很關心的，為什麼呢？因為鄧大人自己在接見外國人時說過：魏京生的刑期是判得重了些的。

胡：那我倒不知道……

陸：說過了的，外電不會是造謠的。鄧說，對魏京生的處分是必要的，但刑期十五年似乎是重了些。

胡：我還是第一次從你這裡聽到呢。

陸：是的，據說這個人現在青海，到底是年輕人嘛！希望從寬處理。像這些人，比如美國來的黃賢，我跟凌雲部長也談過這件事，他說：只要黃賢表現好，還是可以提前的。

胡：黃賢，凌雲同志沒有告訴你什麼新決定嗎？

陸：沒有。

胡：他暫時還對你保密，哈哈……現在已經假釋出來了嘛。（編按：談話當日黃賢假釋消息並未公開。）

陸：那好，那好，是好消息。

胡：黃賢也好，魏京生也好，確實是觸犯了中國的刑法的……

陸：這些我都聽凌部長講了……

胡：這是確實的，他們的材料，我是親自看過的。

陸：我們在外面的人認為：有些問題是海外的人與國內的人對保密的認識不同所造成的誤解。我們是這樣看的，國內的人對什麼都要保密，海外的人認為一些普通的材料影印一下，作為參考，算不得什麼的。但在國內就認為是觸犯了法律，也許問題就是這樣產生的……

胡：不，不，不僅僅是這樣的……

黃賢、羅孚和魏京生

陸：我聽凌雲部長說是有實實在在的東西。但我總覺得遺憾。

胡：外面有很多朋友向我們反映。現在考慮，他（指黃賢）過去做了不少好事，服刑期間表現也不錯，所以就給假釋出來了。

陸：羅孚也是假釋的，他是我的朋友，原任香港《大公報》副總編輯，《新晚報》總編輯，此人是很不錯的，在香港做了很多好事。現在，羅孚、黃賢都假釋了，海外的人很關心你們對魏京生的處理。

胡：我不知道小平同志說過魏京生的刑判重了些，但判刑是應該的。

陸：既然重了，就應該減輕。

胡：這不是外面所傳的什麼政治犯，今後，我們不搞這些了。至於講到人權問題，我們確實要保護百分之九十九點九的，遵守國家法律的公民由憲法所賦予的權利。這個不能侵犯。我們經常批評政法部門的某些同志，對此認識不足。就在昨天（五月九日）我們開會討論公安部的工作，最後，我提了四條意見，第一條我就講解放初期，我們强調政法部門是專政的工具，對不對呢？那是對的。因為當時我們還面對著一個强大的敵對階級，地富反壞；現在政法部門也還是專政的工具，不能把它完全否定。但是，政法公安部門的職能還要加一個東西，叫做保護人民。我們要强調這個職能。保護人民的什麼東西呢？保護人民的生命財產安全同民主權利。我說，為什麼去年就提出這個概念呢？這是因為政法部門的形象並不高大啊！不是所有的人對你們都很親啦！所以，我要强調保護人民的權利。講到人權，我們與西方是有所不同的。他們標榜的是一種抽象的人權。前兩天，不是慶祝反法西斯勝利四十周年嗎？有些法西斯分子的人權就不能保護嘛！他殺了那麼多人，他侵犯了別人的人權，你還保護他？

有沒有可能到香港

陸：我看，耽擱你的時間夠多了，我應該向你告辭了。順便問一句：你看，是否有可能到香港去看看？

胡：唔……到現在，我還沒有想過這個問題。可能嘛，不能說沒有。香港的朋友是希望紫陽同志去，是嗎？

陸：希望鄧大人去。當然，對你和趙紫陽先生也會歡迎的。

胡：不曉得英國人贊不贊成呢？

陸：你們不願意使英國人處於尷尬的境地，因為香港在過渡期，還是他們管。

胡：只有他們表示贊成，我們才能考慮。

陸：列根不是邀請你到美國訪問嗎？

胡：今年不行啊！

陸：聽說李先念先生今年會去。

胡：紫陽同志也可能去。今年是聯合國……

陸：聯合國成立四十周年。

胡：現在我們還沒有最後決定。

陸：那麼，李先念主席是定了的。

胡：他七月分去。

陸：希望你能各處去看看。

胡：當然，開開眼界也有好處嘛！

陸：倒不是開眼界，是對世界的直接觀察認識！

胡：直接觀察也就是開眼界嘛！

陸：那就到這裡，我告辭，感謝你！

胡：哎！怎麼說感謝呢！歷史上我們該你一筆賬嘛！

陸：我不是來討賬的。我是要通過我，一個獨立記者的直接觀察認識胡耀邦先生是怎樣的人。

胡：哎！個人算得了什麼，你應該把重點放在認識國家的面貌上。

陸：現在這個國家是你和你的同志們在具體領導，希望你的領導越來越順利。

胡：我也搞不了多少年了！

陸：至少還可以幹幾年。請留步，不要送了。
胡：你看過我們的年輕人嗎？
陸：這次沒有機會，下次吧！
胡：你如果見到胡啓立，你們之間是可以用英語對話的。
陸：他的英語一定比我好得多，我的英語很蹩腳。
胡：那我就不知道了。
陸：最後還有一句話，你叫你的孩子（指胡德平）去研究《紅樓夢》，這是件好事。
胡：是他主動，不是我叫他的。
陸：可是，你並沒有阻攔他呀！
胡：我還是有不同的意見啦！
陸：你有不同的意見？
胡：是啊！
陸：這是一件好事嘛！
胡：好是好，可不是當務之急。

陸：像你這樣的地位，讓孩子弄得凌空一點比較好，最好是不要涉及到政治上來。

胡：我倒沒有干涉孩子們。

陸：世界上的人，多數是反對一代傳一代的世襲，那是封建的玩意兒。所以你讓他搞《紅樓夢》研究……

胡：是他自己的選擇啊！

陸：你沒有把他弄到中共中央書記處，倒是很高明的。

胡：我們用人是個人定不了的。

陸：從孩子來說，你能尊重他們的選擇，做一個開明的父親，總是好的！好！再一次謝謝你，再見！

胡：再見！好！再見！一帆風順啦！

一九八五年五月十日訪問於北京中南海

一九八五年五月二十五日整理紀錄於香港《百姓》半月刊

本訪問未經胡耀邦先生過目，如有錯漏，由陸鏗負責。

一言喪邦之後

胡耀邦先生逝世的消息，我是一九八九年隨星雲大師率領的中國大陸弘法探親團於四月十五日到了上海，在一個廟裡參觀時得知的。當時，萬念俱集，悲從中來，面對一座大佛，竟至潸然淚下。

作為一個基督徒，跑到和尚廟裡，已經令人奇怪了，怎麼還會掉眼淚。原來，真感情是不能分教派的，基督也好，佛祖也好，都勸人行善，而胡耀邦在我心目中，就是一個大善士，大菩薩。試想，上百萬人的專政對象帽子，都是他摘掉的，天下還有比這更大的慈悲嗎？

在返回香港的航機中，我反思了一下給胡耀邦帶去的麻煩。我雖然坐了那麼長久中共的監獄，付出了血、汗、淚的代價，但「新聞第一」的習慣，仍牢牢扎根思想裡，而在處理新聞性的稿件時，只問事實，很少考慮影響；而且作為一個記者在進行訪問時，抒發自己的意見，把自己捲進去，比如，訪胡時由談台灣政壇的「見光死」，而諷刺鄧力群的「見光活」；再如揭胡喬木為自保而檢舉鄧小平的卑鄙行為；結果，他們為了報復，狠狠整了胡耀邦。而我應該承擔「始作俑者」的道義責任。

更使我感到不安的，即胡耀邦見到《百姓》的大樣後曾提出七點，請多修訂，而被我拒絕。

事情的經過是這樣的，當時耿飆的小姐耿燕出任新華社香港分社許家屯社長的助理，我的〈胡耀邦訪問記〉決定在六月一日出版，她在五月二十九日問我能不能「先睹為快」？我說：「可以」。她於是到《百姓》雜誌社拿走了一張大樣。我沒有想到她回到新華社就報告了許家屯，許家屯認為關係重大，馬上派專人送到北京請胡耀邦過目。

胡閱後改動了七個地方，其中三處都是「哈哈……」。這本是胡平日說話的習慣，但紙上過多的「哈哈……」似乎不夠嚴肅。問題比較大的是實質的修改，一處是說和王震南轅北轍的話，胡主張這句刪去。一處是我談到胡喬木說：「他在文化大革命的表現也不很好，特別是批鄧運動中表現得很不好啊！」胡聽我這麼一說，情不自禁地說：「哈哈……你們的了解很細緻的嘛，哈哈……說了些言不由衷的話」。

像上面這類話，談的時候順嘴就出口，但寫成文字，就嚴重了。所以胡也要求刪掉。

還有牽涉到軍隊和鄧小平的一句話：「照顧到軍內歷來的論資排輩習慣就讓他（指鄧小平）兼任（指軍委主席）了。」這是犯忌的，胡希望刪去。最後一點是涉及陳雲的，胡原話是「這位老同志」，他要求改為「老革命家」，反映對老一輩稱呼的小心翼翼。

但當初楊奇和牛釗以新華社香港分社秘書長和副秘書長的身分轉達胡耀邦的意見時，我所刊載〈訪問記〉的《百姓》九四期已經付印，修改已經來不及了。而且，七處要改的地方，三處「哈哈」，屬於虛詞口語，無關宏旨。一處稱陳雲為老同志，要改為老革命家，祇不過表示尊敬。至於其餘三點，因為都是對事實的反映，相信不會成為問題。

當時我嘴裡沒說，心裡是有衡量的，也就是真正的問題出在討論台灣的部分，這是會引起國際重視的。既然胡對這一部分未作隻字改動，對於他們黨內的關係的表述，看來不會嚴重到那裡去。

為了使楊奇、牛釗兩位有個交代，我寫了一張簡函給胡耀邦，除表示因時間倉促，雜誌已經付印，無法改動外，特別提出在整理紀錄時已注意到不損其形象，如「老爺子」之稱即略去，請賜亮鑒，並予原宥。

這是指胡耀邦和我談到鄧小平時，一不留心曾習慣地稱之謂「老爺子」，但及時感到不妥：這樣稱鄧，自己豈不成了「兒皇帝」？於是趕緊向我解釋：「啊！這是鄧家的孩子們對小平同志的稱呼。」我感覺得出，胡解釋時多多少少有一點尷尬。所以，我在因無法滿足他要求給予改動的情況下，只好給他一點安慰。至少有損形象的稱呼，未在訪問記中出現，讓他放心。

事後反省，這樣做，不是對一個像胡耀邦這樣沒有心機的人應取的態度。嚴格說是一種欺人自欺的行為，應該受到譴責，至少是良心的譴責。

在胡耀邦下台的第三年，聽說他健康不好，我特地在舊金山買了一盒西洋參寄到北京給他，並附函表示歉忱。後來，一位和胡德平經常來往的女士告訴我說，耀邦對於自己上綱上限（指無限提高原則）寫檢討有點懊悔，特別是對劉賓雁、方勵之或你的批評，感覺大可不必。（中共中央一九八七年十九號文件，未經胡耀邦過目公布了胡的檢討報告。提到陸鏗時說，過去不知道陸鏗，看了〈訪胡記〉，才知道陸鏗是個壞人。）

這一信息不能不使我感動，胡耀邦先生在遭遇橫逆的情況下，還在為別人考慮，真是一位可敬的君子。

北京作家也是老友的冒舒諲和香港中文大學哲學教授劉述先，得知胡耀邦下台的罪狀之一是接受我的訪問時，先後有了相同的反應：「陸大聲『一言喪邦』！」雖然，舒諲是感到遺憾，述先是發自幽默，而我心底泛起的感情竟然是在自責中產生一種自我原諒的成分，〈訪胡記〉起碼讓中外輿論認識到按列寧主義的模式所建立的、只講黨性不講人性的共產黨中，還有一位秉持真誠的言行，尊重人、尊重人的尊嚴，尊重人與人的平等關係的胡耀邦。

歷史必然會給這位一心為人民的政治家以高度的評價。

採訪案例二

張愛萍訪問記

背景說明

一九四八年，大陸有儒將之稱的張愛萍將軍訪問華盛頓。

在趙紫陽和列根互訪之後，張愛萍是首先由北京到華盛頓訪問的重要人物。一方面時間和身分固然都很敏感，另一方面我這個記者又曾經坐過中共的牢多年，剛脱離大陸，從香港來美國沒幾年，這就又更敏感。

在我的記者生涯中，訪問問題之複雜，影響之深遠，當然屬《胡耀邦訪問記》，但是發生在訪問胡耀邦之前，我對張愛萍的這次訪問，純粹就採訪的實務而言，應該也有一些特別的參考價值，因此收錄於此。

一段對張愛萍訪問記的評語

好友鄭心元老弟，當我在紐約訪問文武兼備、聲望極高的中共名將張愛萍將軍時，他是陪同前往的，恰好在座。事後心元以極為興奮的情緒，對我擁抱祝賀，他說：「陸大哥與張將軍問答之精彩是我從事新聞工作十年來第一次遇到的。開誠相見，氣氛和睦，問題深入，百無顧忌，有啥說啥，直達中心，不必爭辯，各抒所見。」

訪問全稿（本書編按：本訪問稿文中譯名、標題均完全按原文呈現）

訪張愛萍將軍問幾件事（於紐約）

一九八四年八月　陸　鏗

海外，包括香港與美國，有一個較普遍的說法，鄧小平在一九八四年解決了香港問題以後，進入一九八五年就要著手解決台灣問題了。而這種解決，從中南海近年來的表態看，當然是盡可能用和平方式，但到了一定的時候，也不排除使用武力。而且，武力解決的時機，似乎越來越近。

這絕不是空穴來風，根據是鄧小平曾兩次在北京接見客人提到中國統一時都表示說：「年紀這麼大了，怎麼能不急呢？」而趙紫陽這次訪問西歐，在丹麥，當記者問到中共要在一九九七年收回香港是不是爲了對台灣提供一個模式時，趙紫陽答，按照你們這種說法，台灣回歸中國，實現統一，一定是在九七之後，我們倒不是這樣看。

這段話，很可以引伸爲中共要在一九九七前解決台灣問題。

至於有爭議的胡耀邦答張旭成教授問，那更是國際間都知道的事。

如何才能就中共準備武力解決台灣問題一事找到答案呢？可能每一個關

心中國前途的記者都在追求。這裡面包括台灣的記者，香港的記者和美國的記者。

最理想的，當然是找到鄧小平作答。但這是一個可遇而不可求的事情。除鄧大人以外，恐怕非張愛萍莫屬了。

第一，張是北京的當今國防部長，身兼國務委員，參與軍事決策，負責國防大計。

第二，張是鄧小平爲首的「改革派」在軍事方面的大將，對於中南海今日的路線、方針、政策比一般人了解得深。

第三，張是在趙紫陽、列根互訪後，首先由北京到華盛頓訪問的VIP（重要人物）。他不僅與美國國防部長溫伯格就中美軍事友好進行了有成效的會談，而且受到美國軍方的敬重。

第四，張是一位儒將，讀過唐詩宋詞漢文章，不僅有素養、有見識，而且有膽量發言，不像有的人根本不敢接觸敏感的問題。

因此，張愛萍將軍就成爲記者心目中解決以上懸疑的最佳人選。也因此，記者就在一個不可多得的場合與張氏展開了下面的對話：

國防現代化從基礎做起

問：（自我介紹）我是雲南人，聽說你是四川人？

答：是的，雲貴川一家。

問：四川那一縣？

答：達縣。

問：一九四九年以後回過達縣沒有？

答：沒有。

問：啊！真不容易。

（訪問被來客打斷）

問：聽說你是一位書法家？

答：談不上書法家。

問：你的字寫得很好。

答：我只是喜歡寫寫。

問：香港的一位女畫家唐乙鳳到北京去開畫展，你參觀後不是為她寫了一幅字嗎？

答：是的，我還記得。

（訪問再度被來客打斷）

問：對美國印象怎麼樣？

答：不錯。美國是個新興的國家！

問：你是從歷史的觀點看問題。

答：我們中國是個歷史悠久的國家。

問：相對而言，我們落後了！

答：我們主要是走了彎路。

問：現在重新做起。四個現代化中，特別是國防現代化，可能更吃力一些吧？

答：是的！你想，「文革」期間不但一切停頓了，而且有些方面倒退了。

問：你對國防現代化怎麼估計？

答：我看要從基礎做起。

問：阻力是不是很大？

答：不一定。主要看政策是不是對頭。小平同志提出的政策，不僅在黨內受到擁護，全國老百姓也都擁護。政策得人心，事情就好辦。

問：軍隊是不是一致支持現行政策？

答：當然是的。拿一件事情舉例來說，我們現在實行幹部年輕化，部隊裡連、營、團、師、到軍級幹部，平均年齡，比美國軍隊還要年輕。這你們恐怕沒有聽說過吧？

（鄭心元插話：前兩天有消息報導）

「若宣布放棄武力　台不肯和談」

問：在海外，我們聽到有個說法，鄧大人的政策並不是暢通無阻的。特別在軍隊裡面阻力很大。比如：李德生就是個釘子，拔不掉。鄧小平對什麼人都有辦法，就是對李德生沒有辦法。也可能有一個原因：李德生本來是二野的。

答：這就是你們在海外對國內情況隔膜所形成的誤解。李德生同志他是在某些特定的情況下（意指「文革」期間）配合做了某些事情。但他現在能夠與黨中央在政治上一致，為何不可以工作呢？

問：為什麼十一大軍區的司令員十個都換了，偏偏不換李德生？是不是換不動？

答：不是，主要是他還年輕，六十多歲。我可以告訴你，現在，在我們國家，換任何人，包括我在內，只要一個通知就換了。絕對沒有換不動的。我曾因年紀的關係，三次要求離休，中央都未批准。

問：那李德生至少要對他在「文革」中做的某些事自我檢查認識一番囉？

答：那是當然的。

問：另外有一件事，你可能不知道，海外反應非常強烈，就是鄧大人罵耿飆、黃華「胡話八道」。太過分了！

答：在我們看，這是關係到國家主權問題，不能含糊。

問：即使不能含糊，也不能出之以斥罵。因為他們到底是人大副委員長嘛！

答：正因為他們是人大副委員長，發言影響很大。他們不是私下表示個人意見，私人表示個人意見當然可以；而是在人大會裡談國家政策，直接傳播到國際間去的；而他們的發言又不是中央的意見，那怎麼行呢？

問：照你這樣說，就是「矯枉必須過正」了。不過香港反應很壞。
答：我們收回香港主權，如果不能駐軍，還有什麼主權之可言。
問：有權駐軍並不等於非駐軍不可。現在海外有一種說法，中共把香港問題解決以後，就要解決台灣問題了？
答：台灣問題我們一直是希望和平解決。
問：不過，這裡的問題指的是你們要武力攻台？
答：對台灣用武不是我們的方針、政策。
問：但你們始終沒有宣布放棄使用武力？
答：如果我們宣布放棄使用武力，台灣方面更不肯和談了。
問：你們有沒有攻台的計劃？
答：沒有。我們主張和平統一，並不願意用武。而且今天的情勢，與卅多年前解放初期的情勢大大不同；完全有和平統一的可能。
問：在你看來，如果台海發生戰爭，美國會不會干預？
答：我們不認為台海會再發生戰爭。不過，我們已告訴美國，希望它不要成為我們統一祖國的障礙。

問：你這次在華盛頓與列根、温伯格會見談到台灣問題時，他們是怎麼表態的？

答：他們表示一定嚴格遵守中美間的三項公報。（按：即一九七二年《上海公報》，一九七九年《建交公報》和一九八二年八．一七《聯合公報》。）

「台灣人是願意統一的」

問：從我們在海外的觀點看來，統一的時機尚未成熟。

答：統一是大勢所趨。據我們所了解的情況，台灣多數人贊成統一，即使台灣國民黨高層，除了極少數頑固派，也都贊成統一。

問：呵！你們這樣看？不過，台灣老百姓，他們是不願意統一的。

答：除了台獨，台灣人是願意統一的。

問：台灣老百姓對共產黨怕得要命，而且多數是反共的。

答：他們更反對國民黨。因為國民黨和他們直接有利害衝突。對我們原來不了解，這些年，很多人到大陸去看了，對我們已經有些了解了。

問：「四個堅持」，還是受不了。

答：我們對台灣是實行的特區政策，一切維持不動。並不要求台灣跟我們實行一樣的制度。一個國家兩種制度。

問：台灣當局如果接受你們提出的統一的條件，它豈不變成地方政權了？

答：談到地方政權，抗日時期的陝甘寧邊區，還不是地方政權。邊區實行特殊的政策，在抗日的大前提下，還是和中央政府有商量的。何況，台灣本來就是個地方政權嘛！

問：不過，在國際上還是有承認它的。

答：你們説説，台灣在國際上有什麼地位？究竟能起個甚麼作用？

問：中國古話説「寧為雞口，勿為牛後」。台灣當局是不會接受和談的。至少據我們了解，蔣經國有生之年，絕不會接受和談。

答：不能那麼絕對吧？台灣的前途，也不是蔣經國一個人可以決定的，還有廣大的台灣同胞。

胡耀邦將來要交班給趙紫陽

問：你們過去以國民黨為和談對象，現在是不是已改為雙向，即：以國民黨為談判對手，同時也爭取台灣人民的合作？

答：是的！

問：會不會在今年九月中英關於香港前途的協議達成以後，或者說建國卅五周年紀念以後，就對台灣發動一場大規模的和平攻勢？

答：和平統一是我們的目標。攻勢倒不見得。我們堅信中國一定會統一。

問：海外還有一種說法，鄧小平年已八十，等不得了，所以有點迫不及待的味道？

答：不是這個情況。

問：海外還有一種擔心，鄧小平去見馬克思以後，胡耀邦恐怕端不穩中南海的盤子？

答：只要政策得人心，任何力量都不能改變國家的形勢。

問：海外一般對胡耀邦並不看好，認為他還不如趙紫陽穩重。

答：胡耀邦同志曾經表示過，他將來就交班給趙紫陽同志。

問：第三梯隊現在比較出類拔萃的有哪些人？

答：很多嘛！

問：外面知道有個胡啓立。除胡啓立外還有哪些？

答：國務院裡像李鵬就很年輕。

問：還有田紀雲？

答：是的。

問：軍方有什麼特別傑出的青年將領？

答：我剛才已經說過，我們部隊裡青年人才輩出。平均年齡比美國還年輕。瞻望前途，是很可以樂觀的。

問：你們要恢復軍銜了。會不會在今年「八·一」或「十·一」就實現？

答：來不及，還有很多工作要做，要到明年才有可能。

問答至此，主人請張入席，訪問乃戛然而止。同作訪問的鄭心元老弟對張氏年屆七四，反應如此敏捷，甚爲驚佩。尤其對張氏胸懷甲兵百萬，而表現文質彬彬，從容答問，毫無傲氣，與某些畏記者如虎，除打官腔外，即支吾其詞者，簡直不能同日而語。因此，當張氏繼後向記者敬酒時，記者舉杯祝他健康長壽！中南海需要多一些這樣的儒將。

Hermes系列02

大記者三章——記者的精神與作爲

作者：陸鏗
責任編輯：藍嘉俊
封面設計與美術編輯：張士勇
出版者：英屬蓋曼群島商網路與書股份有限公司台灣分公司
臺北市南京東路四段二十五號十樓之一
TEL：(02)2546-7799　FAX：(02)2545-2951
Email：help@netandbooks.com
網址：www.netandbooks.com
郵撥帳號：19542850
戶名：英屬蓋曼群島商網路與書股份有限公司台灣分公司
總經銷：大和書報圖書股份有限公司
地址：台北縣新莊市五股工業區五工五路二號
電話：(02)8990-2588，(02)8990-2568
傳真：(02)2290-1658
排版：帛格有限公司
製版：瑞豐實業股份有限公司
初版一刷：2004年9月
定價：台灣地區250元

國家圖書館出版品預行編目資料

大記者三章：記者的精神與作為 / 陸鏗著. --
初版. -- 臺北市：網路與書, 2004[民93]
面；　公分

ISBN 957-29567-4-4(平裝)

1. 記者 2. 採訪(新聞)

895.1　　　　93015392